セシル文庫

金獅子王と運命の花嫁

～やんちゃな天使と林檎のスープ～

宮本れん

イラストレーション／鈴倉　温

パンの蓋を開け、
アスランは喜びの声を上げた。
「あっ、とうさま！」
Illustration : Haru Suzukur

◆目　次

この作品はフィクションです。
実在の人物・団体・事件などに
一切関係ありません。

金獅子王と運命の花嫁

～やんちゃな天使と林檎のスープ～

「お疲れさまでした。お先に失礼します」

すべての後片づけを終え、撮影スタジオに残っているスタッフたちにも声をかけると、及川紬《おいかわつむぎ》は一礼してひとり廊下に出た。

一日中立ちっぱなしで疲れたものの、その甲斐あってレシピブック用にいい絵が撮れたと思う。心地良い疲れに身を任せながら思いきり伸びをした時だ。

「及川」

あかるい声にふり返ると、廊下の向こうで牧野《まきの》が手をふっていた。

紬が長年師《し》と仰《あお》ぐ、引く手数多《あまた》のフードコーディネーターだ。プロデューサーと話しこんでいたので邪魔にならないよう先に退出したのだけれど、進行管理を務めた助手が帰ると知ってわざわざ出てきてくれたらしい。

「牧野さん。お疲れさまでした」

駆け寄ると、牧野は人懐っこい笑顔で「おう」と応えた。

朝から晩まで鍋をふるい、撮影に立ち合い、写真をチェックしては指示を出す。そんな目の回るような忙しさにもかかわらず、疲れなど微塵も見せないタフさは眩《まぶ》しいくらいだ。

　そんな牧野と知り合ったのは、紬が料理の専門学校に通っていた時のことだった。

　仕事が忙しくなり、雑用アルバイトをほしがっていた牧野が友人である講師に相談し、そこから巡り巡って紬が紹介を受けた。ありがたいことに縁は続き、卒業後は助手として働かせてもらっている。紬が料理研究家として仕事を受けられるよう取り計らってくれたのも彼だ。面倒見のいい牧野は紬にとって年の離れた兄のような存在でもあった。

「今日は朝早くからありがとな。おまえが全体見てくれたおかげで助かった」

「こちらこそ、勉強させていただきました」

「個人の方の仕事はどうだ。うまくいってるか？　困ったことあったらなんでも言えよ。おまえは昔からひとりで抱えこむ癖があるからな」

　身に覚えがありすぎる。

　返す言葉もなく詰まっていると、牧野は笑いながら紬の肩をポンポンと叩いた。

「責めてるわけじゃない。かわいい弟が心配なんだ。おまえには期待してるからな」

「……ありがとうございます。ご期待に添えるように頑張ります」

「よし。約束だぞ。それじゃお疲れさん」

「お疲れさまでした」

もう少し残るという彼に一礼し、先にスタジオを後にする。

外に出た途端、びゅうっと冷たい風が吹いてきて紬は思わず首を竦《すく》めた。いつの間にかずいぶん肌寒くなったものだ。墨を刷いたような空には月もなく、じっと見つめていると呑みこまれそうに思えてくる。ひとりぼっちだと感じるのはこんな時だった。

紬の両親は、紬が八歳の時に他界した。

息子の話を楽しそうに聞いてくれた父と、おだやかで笑顔の絶えなかった母は、ある日事故で帰らぬ人となった。その後は父親の実家に引き取られたものの、最後の肉親である祖母も半年前にこの世を去ってしまい、紬は天涯孤独《てんがいこどく》の身の上となった。

仕事中は没頭していられても、ふとした時にこうして寂しさがこみ上げてくる。それでも今は助手として、料理研究家として、日々を生き抜くことで精いっぱいで、二十三歳の若者らしく恋や遊びにうつつを抜かす余裕はなかった。

考えるのは料理のことばかりだ。料理は愛情だという信念があればこそ。それなのに、心をこめて作ったものを食べてくれる人はいない。

——でも、しょうがないんだ。

これまで何度、この言葉でもやもやした気持ちを呑みこんできただろう。

「……帰ろう」

カーディガンの襟《えり》を掻き合わせ、誰に言うともなく独りごちると、紬は建物のすぐ前にある地下鉄へと足を向けた。

構内を抜けて改札を通り、ほどなくしてホームに滑りこんできた電車に乗る。いつものようにつり革に掴まりながら窓に映った自分をぼんやりと眺めた。

一六五センチという身長は成人男性にしては些か低く、大抵の仕事相手を下から見上げる格好になる。陶器のようなミルク色の肌や、さらさらとした焦げ茶の髪は、細く伸びた手足ともあいまって華奢な印象を与えるようだ。子供の頃はしょっちゅう女の子に間違われたが、下手をするとこの歳になっても初対面の相手に戸惑われることがあった。

——女顔ってわけではないと思うんだけど……。

柳眉《りゅうび》や細い鼻筋、薄い唇などの要素が合わさって中性的と受け取られるようだ。そんなやわらかな雰囲気は母に、食べても太らない体質は父に、それぞれ似たのかもしれない。

父方の祖母もすらりとした人だったっけ。

溌剌《はつらつ》としていた頃の祖母を思い出すと胸が痛む。小さな段差で転んだことがきっかけで寝たきりとなり、動かないでいるうちにあっという間に痴呆《ちほう》が進み、当時学生だった紬がひとりで面倒を見るのは難しいので特別養護老人ホームに入所することになった。

日を追うごとに孫のことさえわからなくなっていく祖母を見舞うのは辛かったけれど、

彼女の好きなおかずを作っていくとよろこんでくれた。しょっちゅう施設に通ったものだ。こんなふうに電車に乗って。

ガタン、と車体を揺らして地下鉄が地元の駅に着く。

はっと我に返った紬は仕事帰りのサラリーマンたちに混じって電車を降り、再び階段を上がって地上に出た。

家までは歩いて十分ほどだ。このあたりの道は下町らしく入り組んでいて、そこここに風情《ふぜい》があって気に入っている。

ここを何度通っただろう。学校に行く時も、仕事に行く時も、そして施設に行く時も。いろんなことを考えながら踏み締めた道だった。祖母を見舞った帰りは俯いて歩くことが多かったせいか、道端に咲く鉢植えさえすっかり覚えたものだった。

そんな祖母の財産分与は、面識のない親戚たちが行った。嵐のように現れた彼らがまた嵐のように去っていった後、残された家で紬は遺品の整理をしながら思い出をふり返る日々を送っている。こうして誰もいない自宅に帰るのももう慣れた。

手探りで電気を点け、ギシギシと軋む廊下を通って真っ先に位牌《いはい》のある仏間《ぶつま》に向かう。仏壇の前で正座をすると紬は祖母の遺影《いえい》をまっすぐ見上げた。

まだ矍鑠《かくしゃく》としていた頃の写真だ。その笑顔からは祖母のあたたかさが伝わってくる。

「おばあちゃん、ただいま」

いつものように挨拶をして線香を立てると、位牌に向かって静かに手を合わせた。

こうしてここで向き合える時間もあといくらもないだろう。遺品の整理が終わり次第、老朽化《ろうきゅうか》したこの家も取り壊されることになっている。

だから、ほんとうは移り住むためのアパートを探さなければならないのだけれど、すぐには気持ちを切り替えることができず、そうこうするうちに日が経ってしまった。両親を亡くした紬にとってこの家は最後の居場所だ。祖母を失った今、家まで手放したら自分を支えるものがなくなってしまうようで怖かったのだ。

けれど、そんなことを言ったらやさしい祖母のことだ。心配して化けて出てくるかもしれない。それだけはいけない。安心して空の上にいてもらわなければ。

「そうだよね。おばあちゃん」

遺影に向かって、そして自分の心に向かって笑いかけると、紬はいつものように蝋燭《ろうそく》の火を消し、食卓に昨日の残りものを並べてささやかな夕餉《ゆうげ》とした。

「……いただきます」

慣れたつもりでも、やはりひとりの食事は味気ない。作業のように思えてしまう。

――でも、いつかは……。

両親が生きていた頃のような、祖母が元気だった頃のような、大切な人と小さな食卓を囲むあたたかな暮らしがしたい。手料理を「おいしいね」と笑い合えるしあわせな時間を過ごしてみたい。

どんな料理であれ一番大切なのは愛情だ。辛い時、一杯のあたたかなスープに気持ちがほろりと解《ほぐ》されるように、それを作ることも、食べることも、そして感謝を伝えることも、人にしかできない豊かな愛情のリレーだと思う。

そんな相手にいつか巡り会えるよう、そして相手にふさわしい自分で在れるよう、これからも愚直《ぐちょく》に腕を磨いていく。それが夢を叶えるただひとつの道だと信じている。

食事を終え、片づけをした後は風呂に入って布団に潜る。いつもの一日が終わっていく。

吸いこまれるように眠ったその夜——夢を見た。元気だった頃の両親や祖母が現れて、笑顔で手をふっている。

「おばあちゃん！　お父さんにお母さんも！」

駆け寄ろうとしたものの足が動かない。それでも、不思議と怖いとは思わなかった。

「紬」

子供の頃と同じように父親が名前を呼んでくれる。

「紬ちゃん」

祖母もだ。初孫の紬をずっとこんなふうに呼んでくれた。思春期には照れくさく感じることもあったけれど、どうしてだろう、今は涙が出そうになる。

「紬。泣かないで」

昔と変わらない母親のやさしい声に、紬は目を潤ませながら顔を上げた。

「いつでも紬を見守っているから、紬は、紬のしあわせのために生きてちょうだいね」

「お母さん」

「紬ちゃんありがとうね。おばあちゃん、応援してるからね」

「おばあちゃん」

とうとう我慢できずに涙が落ちる。そんな息子に目を細めながら父親は力強く頷いた。

「しあわせになりなさい。紬」

「お父さん」

「しあわせになりなさい。迷わずに行きなさい」

そう言われた瞬間、背中がふわっとあたたかくなる。三人の手が紬をしあわせな未来へ送り出してくれているみたいだ。うれしくて泣き笑いしながら手をふると、三人もまたしみじみとした顔で頷いてくれた。

しあわせになりなさい。迷わずに行きなさい――。

大切な言葉を噛み締めるうちに、祖母たちは光に包まれて消えていく。

紬もまた、胸を熱くしながら深い眠りに吸いこまれていった。

＊

頬に触れる感触がやけに冷たい。

ゴツゴツとした肌触りに違和感を覚えながら紬はうっすらと瞼を開いた。二度、三度と瞬きをくり返すうちにそれが石畳《いしだたみ》だとわかる。どうやら俯《うつぶ》せの状態で眠っていたらしい。

――え……？

だが、意識がはっきりしてくるに従い、それがあり得ないことだと気がついた。

慌てて顔を上げ、あたりを見回した紬は今度こそはっと息を呑む。そこには見たこともない景色が広がっていた。

「な…、なんで……」

煉瓦色の建物にはどれも深緑の蔦《つた》が絡み、長い歴史の風格を漂わせている。そこここに真っ赤な薔薇が、紬のすぐ傍にも桃色の小さな薔薇が可憐な花を咲かせていた。

まるで、お伽噺《とぎばなし》の世界にでも迷いこんでしまったみたいだ。

「……ほんとに………？」

信じられない思いを抱えつつ、まずは状況を把握しようと立ち上がった、その時だ。

「──────！」

鋭い怒声が飛んできて、ビクッと身を竦ませる。

声のした方を見ると、屈強《くつきよう》な男たちが駆けてくるのが見えた。怖ろしい剣幕でなにかを叫んでおり、言葉がわからないながらも自分に対して怒っているらしいと察しがついた。

いきなり現れた紬を泥棒だと勘違いしたのかもしれない。

「す、すみません。違うんです。ぼくは決して怪《あや》しいものじゃ……あ、あのっ……」

釈明《しやくめい》する間にもどんどん距離を詰められる。恐怖のあまり夢中で薔薇の木に縋った瞬間、彼らの顔色が変わった。それに触れるなと言うように薔薇を指し、それでも紬が手を離さないと見るや、互いに顔を見合わせる。

次の瞬間、彼らの輪郭《りんかく》が空気に溶けるようにふっと揺らいだ。

「え？　……え……？」

姿が見えなくなったと思う間もなく、そこに二頭の獣《けもの》が現れる。

「…………っ」

衝撃的な出来事にすぐには声を出すこともできなかった。人間が獣に姿を変えるなんてよもや思いもしなかったのだ。

狼たちは牙を剥き出しにして威嚇《いかく》し、また仲間に危険を報《しら》せるように遠吠えを上げる。それを聞きつけ、やってきた男たちも目の前で次々に狼や豹に姿を変えた。

獰猛な獣たちに取り囲まれ、ジリジリと包囲網を狭められて頭の中が真っ白になる。

「こ、殺さないで。お願い。お願いします……！」

懸命に祈っていた紬の耳に、不意に子供の声が飛びこんできた。

見れば、まだ二歳ぐらいの男の子だ。褐色の肌に馴染む金色の髪には黒いメッシュが混じっている。すぐ近くで怖ろしい獣たちが牙を剥き出しにしているにもかかわらず、怖がるどころか、まるで見慣れた光景だと言うようにトコトコとこちらへやってきた。

さっきまで唸り声を上げていた獣たちがなぜかいっせいに牙をしまう。

男の子はすっかりおとなしくなった獣たちを掻きわけ、胴の下を潜って紬のところまでやってくると、横座りした膝の上にグイグイとよじ登ってきた。

「え？　え？」

驚く紬の胸に頬摺《ほおず》りしたかと思えば、小さな指を紬の唇に押し当て「うーうー」「あー」

とお喋《しゃべ》りに夢中だ。慌てて追いかけてきた女性が膝の上から下りるよう促したが、男の子はいやいやと首をふった。

「ほら、心配してるよ」

「！」

紬が話しかけた途端、男の子は弾かれたように顔を上げる。

今度は両手でペタペタと紬の口を触り、「ろーさ？　ろーさ？」となんだか必死だ。見かねた女性が無理やり引き剥がそうとしたところ、男の子はびっくりするような大きな声で「やー！」と身体を仰け反らせた。その小さな身体のどこにそんな力があったのか、危うく膝から落としてしまうところだった。

女性が声をかけたり、手を叩いたりするのにも男の子は見向きもしない。

反対に、男の子が自分の腰に下げていた巾着《きんちゃく》を叩くと、今度は女性の方が首をふった。それでも男の子は紬と巾着を交互に見ながら訴え続ける。とうとう根負けした女性が袋からなにかを取り出すと、男の子は大よろこびで歓声を上げた。

――なんだろう。お菓子かな。

さっきまでの「いやいや」から一転、満面の笑みだ。男の子は桃色の砂糖菓子を大切そうに摘まみ上げると、なぜか紬に差し出してきた。

「え？　いいの？　くれるの？」

驚く紬に、男の子はこくんと頷く。あんなにうれしそうな顔をしたからてっきり、彼が自分で食べるのだと思ったのに。

――大事なお菓子、くれるんだ。

この子なりのプレゼントなのかと思ったらうれしくて、紬はありがたく桃色の砂糖菓子を受け取ると、そっと口に運んだ。

舌の上に載せた途端それはほろりと崩れ、これまで味わったことのないようなやさしい甘さが口に広がる。鼻を抜ける香りは芳しく、夢中で余韻を追いかけているうちに自分の中からなにかが薄らいでいくような感覚があったが、それもすぐに忘れてしまった。

「ありがとう。おいしかったよ」

お礼を言うと、男の子は紬の顔を見てうれしそうに笑う。

もうひとつご馳走してくれようというのか、椛《もみじ》のような手を腰の巾着に伸ばしかけたところで、それより早く女性が男の子を抱き上げた。

「これ以上はいけませんよ。アスラン様」

「えっ？　な、なんで、言葉が……」

急にわかるようになったのだろう。

目を丸くしたまま固まっていると、すらりとした長身の男性が目の前に立った。褐色の肌に馴染む黒髪が精悍さを際立たせ、野性味あふれる黒い瞳をより印象深く見せている。意志の強そうな男らしい貌立ちに生き生きとした表情がよく映えた。

「驚かなくていい。さっきロズロサを口にしたろう。この国のものを食べたから俺たちの言葉がわかるようになった」

「え？」

「桃色の、薔薇の花の砂糖漬けだ」

立ち上がった紬は、事態を把握できないままキョロキョロと周りを見回す。

獣たちは知らぬ間に人の姿に戻ったようで、それでもまだ紬の様子を窺うようにじっとこちらを見つめている。いつでも襲いかかれるように間合いでも計っているのだろうか。

それでも、男性に「ここは俺が」と制されるなり、男たちは一礼とともに包囲を解いて行ってしまった。

「悪く思うな。城の護衛は怪しいやつを排除するのが仕事だからな」

「城？　護衛？」

あまりに耳馴染みのない言葉に、去っていく男たちと男性の顔を交互に見やる。

「順を追って説明した方が良さそうだ。それに、おまえのことも訊ねなくてはならない。

見たところ人間のようだしな」

首を傾げるばかりの紬に噴き出した男性は、「まずは自己紹介からだ」と口角《こうかく》を上げた。

「俺の名はギルニス。獣属性は黒豹だ」

「獣、属性……？」

ギルニスはここがローゼンリヒトという獣人の国であること、他にも似たような国々が存在すると教えてくれた。

「この国では誰もが獣の属性を持っている。男には父親の、女には母親の属性がそれぞれ遺伝することが多い」

獣の姿に変化できるようになってはじめて一人前と認められるため、子供たちは皆競い合うようにして獣化の訓練を受けるのだそうだ。

「じゃあ、その子も……？」

女性に抱っこされた男の子に目をやると、ギルニスは誇らしげに頷いた。

「アスラン様はこの国の第一王子、獅子の属性だ。齢《よわい》二歳にしてすでに周囲を引きつける求心力を持っていらっしゃる」

「王子様だったんですか！」

驚きのあまり素っ頓狂な声が出る。紬のそんな反応がおもしろかったのか、アスランはきゃっきゃっと笑いながら手を伸ばしてきた。

「ずいぶん好かれたようだな。おまえ、名はなんという」

「紬です。及川紬といいます」

「ツムギか」

紬とギルニス、ふたりの顔を交互に見たアスランがきらきらと目を輝かせる。

「チー…？　チュムミ？」

「あはは。違うよ。ツ、ム、ギ」

「チ、ム、ミ」

「ツ、ム、ギ」

「チュ……グ、イー」

「もっと違うー」

思わずぷっと噴き出すと、アスランも小さな手を叩いて笑った。無垢《むく》な笑顔がなんともかわいらしくて、やわらかな猫毛をよしよしと撫でていた紬だったが、ふと、ギルニスの困ったような、けれどおかしくてしかたがないような顔を見て我に返った。

「す、すみません。王子様相手に馴れ馴れしいことを……。アスラン様、お許しください」

慌ててアスランに謝ると、彼は薔薇色の頬をぷうっと膨らませる。

「なるほど。王子様扱いはお嫌《いや》だそうだ。よっぽど気に入られたんだな、おまえ」

「いいんでしょうか」

「本人が望んでるんだ、いいんじゃないか。……ところでツムギ、おまえはどこから来た？　この国の人間じゃないんだろう？」

訊ねられた途端、現実を思い出して紬はしょんぼりと項垂れた。

「わからないんです。目が覚めたらここにいて……ぼくにもなにがなんだかさっぱり……」

「つまり迷子か」

ギルニスも小さくため息をつく。

「これまでも余所からやってきたやつらはいたが、迷子というのははじめてだな。まぁ、でも心配するな。俺も助けてやるから」

元気出せよと励まされ、不安に縮こまりそうだった気持ちが少しだけほっとなる。

そのせいだろうか、腹の虫が「ぐうっ」と鳴った。

「わっ」

慌てて腹を押さえたがもう遅い。ギルニスに盛大に笑われたばかりか、アスランにまで「あー」と指を差されて恥ずかしくなった。

「まずは腹拵《はらごしら》えか。昼食はもう終わったが、あとひとり分くらいなんとかなるだろう」

「よろしいのですか、ギルニス様。陛下のお許しもなく侵入者に食事を出すなど……」

すかさずギルニスの後ろに控えていた侍従のひとりが割って入る。

「俺がなんとかする。それで問題ないだろ」

「あ、あの。皆さんにご迷惑をおかけするわけにはいかないので、ぼくが勝手にやったということにしてください。厨房の隅をお借りできれば自分でなにか作りますので」

紬の申し出に、ギルニスも、彼の侍従たちも驚いたようにこちらを見た。

「おまえ、料理なんてできるのか」

「はい。余っている食材があれば、それをいただけると助かります」

「よし。それなら話は早い」

ならばさっそくと、広場の向こうにある調理塔へ連れていかれる。

料理人を捕まえてギルニスがわけを話すと、彼らは快《こころよ》く使いかけの人参《にんじん》やじゃがいもなどを譲ってくれた。ライ麦パンやソーセージ、それにブイヨンもある。

「ありがとうございます」

紬は礼を言ってさっそく準備に取りかかった。

まずは玉葱《たまねぎ》を炒め、透き通ってきたところでブイヨンを加える。一センチ角に切った人参とじゃがいも、それにマジョラムやサフランを加えてコトコトと。最後に薄切りにしたソーセージを入れ、塩胡椒《しおこしょう》で味を調《ととの》えたらでき上がりだ。小さく切ってバターソテーしたライ麦パンもスープの立派な浮き実になった。

「よし。完成」

顔を上げると、いつの間にか周りには人だかりができていた。ギルニスや料理人たちが興味津々といった顔で紬の手元を覗きこんでいる。

「なるほど、手慣れたもんだな」

「見たことのないレシピだ」

思わぬ注目にドギマギしつつ、急いで腹に入れてしまおうと椅子に腰を下ろした時だ。

「アシュ、たべる！」

なぜかアスランが名乗りを上げた。

大急ぎで毒味係や王子専属の料理係、さらには教育係まで呼び出される中、アスランは紬の向かい側の椅子によじ登るとクルトン代わりのパンに手を伸ばした。

「はい。あーん」

毒味が終わるのを待って、紬はスープを一匙《ひとさじ》アスランの口まで持っていく。

けれど匂いをかいだ王子は顔を顰《しか》め、プイと明後日の方を向いた。

「アスラン様は香辛料がお嫌いなのです」

料理人のひとりがそっと耳打ちしてくれる。

「そっか……。ごめんね、アスラン。パンなら食べられる？」

スプーンで浮き実を差し出すと、アスランはうれしそうに口を開けた。カリカリとした食感が気に入ったのか、スープから直接パンを摘まみ上げてはパクパクと頬張っている。お行儀《ぎょうぎ》が悪いですよと乳母に窘《たしな》められても聞く耳はないらしい。

「アスランはパンが好きなの？」

「すき」

「じゃがいもは好き？」

じゃがいもだけをスプーンで掬《すく》うと、アスランはまたもこくりと頷く。ソーセージも、人参も、なにを聞いても好きだと言うのでその都度一口ずつ食べさせてやった。

「なんでも食べられてアスランは偉いねぇ」

褒めるときゃっきゃっと声を上げ、もっと食べると手を伸ばす。

そんなふたりを見ていた料理人たちは揃って目を丸くした。

「アスラン様がじゃがいもを召し上がった」

「人参も召し上がった」

「パンなんて、いつも床に投げてしまわれていたのに」

ぽかんとしていると、ひとりの料理人が言いにくそうに目を泳がせる。

「アスラン様はその、お好《この》みが難しく……」

食べられるものを数えた方が早いのだそうだ。偏食《へんしょく》王子の異名を取っていると聞いて、驚いて目の前のアスランを見つめた。

――こんなになんでも食べる偏食家もいないと思うけど……。

「おいしい？　アスラン」

「ん！」

両手でパンを摘まむかわいらしい姿に笑ってしまう。

「チー。あー」

さっき紬がしたように「あーん」をしてくれるというので、ありがたく半分ボロボロになったクルトンを食べさせてもらった。

「こんなに懐《なつ》かれるとは……。さすがに陛下に報告しないわけにはいかないか」

ふたりの様子を見守っていたギルニスがやれやれと肩を竦める。

「どうなるかはわからないが、なにかあったら助けてやる。あとはおまえの運次第だ」

それはどういう意味だろう。

気になったものの、なんとなく訊ねるタイミングを逃してしまい、食べ終わると同時に今度は国王が政務《せいむ》を執《と》り行う主塔へと案内された。

「わぁ……！」

建物に足を踏み入れるなり、紬は大きく息を呑んだ。

大理石の美しい床にシャンデリアの光がこぼれている。壁には無数の槍や剣が飾られ、大階段に敷き詰められた真紅の絨毯《じゅうたん》が落ち着いた雰囲気を醸《かも》し出していた。

まるで映画のセットのようだ。歩いているだけでも緊張してしまう。

できるだけ絨毯を汚さないようにそろそろと階段を上り、控えの間に案内された紬は、それからほどなくして謁見室へと通された。

中に足を踏み入れると同時に、玉座の男性に目が吸い寄せられる。

「陛下。こちらが件《くだん》のものでございます」

目が合った瞬間、全身に鳥肌が立つのが自分でもわかった。

野性味あふれる褐色の肌。かなりの長身のようで、肩幅も広く逞しく、鬣《たてがみ》のような黄金の髪を悠々と背中に流した姿は百獣の王そのものに見える。切れ上がった琥珀色の双眸が静かに、だが射貫くようにまっすぐにこちらを睨《ね》めつけていた。

――どうしてだろう……怖い……。

ただそこにいるだけで気圧《けお》されて頭の中が真っ白になってしまう。脅《おど》されたわけでも、武器を向けられたわけでもないのに、対峙しているだけで本能が警鐘《けいしょう》を鳴らすのだ。

無意識のうちに後退りしそうになったところで背を叩かれた。ギルニスだ。

「ツムギ。ローゼンリヒト国王、オルデリクス陛下の御前《ごぜん》だ」

そっと耳打ちされ、紬は慌てて頭を下げた。

「は、はじめてお目にかかります。オルデリクス様」

だがオルデリクスは答えない。ただ沈黙が流れるだけだ。時間が経てば経つほどそれは重くのしかかってくるようで、その間は一分にも、もっと長くにも感じられた。

「顔を」

鋭い声にそろそろと頭を上げる。

「おまえか、異界から来た侵入者というのは。……なにが目的だ。なんのために我がローゼンリヒトの城に入った。答え次第では生かしておくわけにはいかない」

オルデリクスが言い放つなり屈強な男たちが現れる。場合によっては今この場で始末をつけると言っているのだ。中庭で獣人に囲まれた時のことが脳裏を過ぎった。

「目的……、なんてありません。気づいたらここにいただけなんです」

「そんな話が通用するとでも思っているのか」

「嘘なんかじゃありません。ぼく自身どうしたらいいかわからないんです。お願いです。信じてもらうためならなんでもしますから」

オルデリクスは目を眇《すが》める。紬が本心からそう言っているのか、あるいは別の目的でもあるのか見抜こうとしているのだろう。

「ギルニス。アスランがこの男の作った料理に手をつけたと聞いた。それはほんとうか」

「真《まこと》でございます」

オルデリクスは「ほう」と呟き、再び紬に視線を戻す。

「あれは好みの難しい子供だ。これまで何人もの料理人を困らせてきた。それを餌《え》づけするとは……さては次期国王を狙うつもりか」

「とんでもない！」

紬は目を丸くしながら首をふった。

「目が覚めたばかりでとてもお腹が空いていたんです。そこで、調理塔の方々のご親切で食材をわけていただいて、自分のためにスープを作りました」

「アスランが自分からそれに興味を示したと言うのか」

「はい。……思えば、目覚めた時に一番に助けてくれたのもアスラン様でした。怖ろしい獣たちから守ってくれて、桃色のいい香りのするお菓子もくれて……。スープは香辛料のせいで飲めませんでしたが、その代わり、食べたいと言うのでパンやじゃがいもを」

「待て」

オルデリクスが身を乗り出す。

「あの花を口にしたのか」

「あの花？」

紬が首を傾げる横で、ギルニスが「さようでございます」となにやら助け船を出してくれる。それを聞いたオルデリクスは納得したというように深いため息をついた。

「これでは追及もできまい」

「アスラン様はこの男を大変気に入られたご様子で、普段は召し上がらないものまで自《みずか》ら口に入れておいでした」

「なるほどな」

ギルニスと目を合わせて頷くと、オルデリクスは再びこちらに目を向けた。

「先ほどなんでもすると言ったな。ならばおまえに役目を与える。明日からはアスランの食事係として働くがいい」

「陛下。よろしいのですか」

「構わん。アスランの偏食には散々手を焼かされてきた。あれを治すことができるなら、この男の言葉も真実だと認めてやろう。――どうだ、おまえ。悪い話ではあるまい」

「それは、そうですが……でも……」

自分にそんな役目が務まるだろうか。

ウロウロと視線を彷徨わせながら逡巡していた脳裏に、ふとアスランの顔が浮かんだ。

笑った顔、驚いた顔、拗《す》ねた顔――どれもとてもかわいいけれど、自分が作った料理をおいしそうに頬張ってくれた顔が一番うれしい。

――アシュ、たべる！

椅子によじ登りながらあの子は声を上げたのだっけ。護衛から守ってくれたのもアスランだった。言葉をわかるようにしてくれたのも。それなら今度は自分が彼をたくさんよろこばせてあげよう。あの子のためならきっと頑張れると思うから。

「お役目、お引き受けします」

思いきってそう言うと、オルデリクスは少し意外そうに片眉を上げた。

「こうも易々と受けるとはよほどの無鉄砲か、あるいは命が惜しいのか……。まぁいい。おまえの名を訊いておく」

「及川紬です」

「ツムギ……？　変わった名だ」

オルデリクスが眉を顰める。やはりこの国では珍しい名前なのかもしれない。

「紬というのは、紡《つむ》ぎ糸を織って作った織物のことです。人と人、ものとものをつなげる存在になるようにって」

「つなげる存在、か。希有なものだな。……過去ともつなげられたらどんなにいいか」

「え？」

小さな呟きにはっとなる。

けれど、その意味を問うより早く重々しい表情に戻ったオルデリクスに「もう良い。下がれ」と言われ、部屋を出された。

——今の、どういう意味だったんだろう……。

扉が閉まる間際、一瞬だけオルデリクスと視線が絡む。ひどく渇いた眼差しに胸の奥がざわっとなったのも束の間、無情にもドアは閉められ、それっきりになってしまった。

控えの間に戻るなり、ギルニスがやれやれと肩を竦める。

「思いがけないことになったもんだな。目通りで済むかと思ったんだが、まさかアスラン様の食事係に任命されるとは」

城内には大勢の使用人がいるが、王族に仕えるものは限られており、明確な序列があるのだそうだ。直接口に入るものを作るという意味で食事係もまた大変な役目だと聞いて、今さらながら不安に襲われた。

「ぼ、ぼくなんかがいいんでしょうか……」

「気負うなって。アスラン様はおまえをずいぶん気に入られたようだし、専属の食事係も他にふたりいる。そいつらからいろいろ教わりながら腕をふるってくれ」

「わかりました。それであの、ぼくはここに住むということになりますか」

「食事係になったからな。王族付きの使用人は城内で暮らす決まりだ。……言っとくが、城を出るにも許可がいるぞ。まぁ、出たら出たで腹を空かせて行き倒れるか、龍人たちに掴まって喰われるかのどっちかだろうが」

「く、喰われる？　龍人？」

「だからここにいた方がいい」

　ギルニスが小声で従者になにかを命じる。

　少しすると、控え室のドアがノックされた。

「お呼びでしょうか……って、ギルニス様！」

　そろそろと入ってきた青年は、そこにギルニスがいるなど思いもしなかったのだろう。

その姿を見つけるなり、ぴゃっと侍従の後ろに隠れた。

　いつものことなのか、ギルニスは苦笑するばかりだ。

「リート。突然で悪いが、こいつの世話を頼みたい。今日からここに住む人間だ」

「わぁ、人間ですか。久しぶりですね」

さっきまで怯《おび》えていたのもなんのその、リートと呼ばれた青年が目を輝かせてこちらを見る。まだ少年のあどけなさを残す頬の丸みが初々しい。白い肌にグレーの髪というやわらかな印象の中、紅い瞳が目を引いた。

「名をツムギという。アスラン様の食事係だ。ここのことをいろいろ教えてやってくれ」

「畏まりました。精いっぱいお世話させていただきます。ツムギ様」

リートが人懐こい笑みを向けてくる。

「ツムギ、リートはちょっとおっちょこちょいだが気立《きだ》てがいいし、なにより気が利く。おまえの世話係に当てるから、わからないことがあったらなんでも聞くといい」

「ありがとうございます。そして、よろしくお願いします。リートさん」

「はい。お任せくださいっ」

ギルニスに「気が利く」と言われたのがよほどうれしかったのだろう。リートは満面の笑みで請け負ってくれた。

「それにしても、アスラン様の食事係に抜擢されるなんて、陛下はよほどツムギ様の腕を見込まれたんでしょうねぇ」

無邪気な呟きに思わずギルニスと顔を見合わせる。経緯を話したらリートはびっくりするに違いない。そうしてきっとこう言うだろう――ツムギ様はなにものですか？　と。

だからまずは、自分を知ってもらうことからはじめよう。

同じように、自分もこの国のことを理解したい。この国で暮らす人々のことも、それを統《す》べる王オルデリクスのことも。そうして少しずつ居場所を作っていこう。

覚悟を決めると、背中がふわっとあたたかくなった。まるで「応援しているよ」と誰かに背中を押されたみたいだ。

――迷わず行こう。頑張ろう。

かくして、紬は獣人の国ローゼンリヒトで暮らすこととなった。


翌日、ガチャン！　という音で目を覚ました。

見れば、世話係のリートが部屋の隅でなにやら慌てている。

「おおお、お目覚《めざ》めのお茶を……差し上げようと思って……」

はじめて客の世話係を任されたという彼は、練習の成果を発揮すべく張りきってやってきたのだそうだ。それなのにお湯は跳ねるし、茶葉は撒き散らすしで半泣きになっていたのだと聞いて、ギルニスの言った「おっちょこちょい」という言葉が脳裏を過ぎった。

それでも、一生懸命な彼を責める気になんてならないし、自分のために頑張ってくれた気持ちは素直にうれしい。そこで紬はふたり分のお茶を入れてもらうとリートをお喋りに誘った。「敬語はご勘弁ください」と彼が言うので、友達になったつもりで話しかける。

「リートのことを聞いてもいい？　たとえば、えーと、属性とか」

「ぼくですか？　ぼくは、白兎《しろうさぎ》の獣人です」

「兎？」

ギルニスたち肉食獣しか知らなかったけれど、なるほど草食の獣人もいるらしい。今年十六歳になるというリートは成長がゆっくりな方で、昨年やっと獣化できるようになったばかりなのだそうだ。

「ぼく、すごく不器用なんです。その上よく失敗するし……」

「それでも、頑張ったから今があるんでしょう？　立派なことだとぼくは思うよ」

王の右腕と呼ばれる側近から直接命令を受ける立場など、侍従の中でもそうそうなれるものではないだろう。彼がギルニスから信頼を得ているなによりの証拠だ。

そう言うと、リートはよほどうれしかったのか照れ笑いをした後で「兎らしいところ、ちょっとだけお見せしますね」と獣化してみせてくれた。

「わぁ！」

現れたのは真っ白なふわふわだ。小さな鼻をヒクヒクと動かすのに合わせて髭《ひげ》が揺れる。

あまりのかわいらしさに抱き上げて頬擂りすると、腕の中でリートがわたわたと慌てた。

「わっ、ごめん」

床の上に下ろされるなり、ふわふわは文字どおり脱兎《だっと》の勢いで逃げていく。

再び人型に戻ったリートは申し訳なさそうな顔で戻ってきた。

「すみません。抱っこされると本能的に逃げちゃうんです……」

獣人の世界で弱肉強食は絶対なのだそうだ。人の姿でいる時こそ厳格な序列もあるが、いざ獣化すれば本能に従う。絶対的なヒエラルキーの中で兎はかなり下の方にいるのだとリートはため息をついた。

「それなら、ギルニスさんに守ってもらえばいいのに」

名前を出しただけでリートはぴゃっと物陰に隠れる。

「ギルニスさんは黒豹なので……ぼくは、食べられる側ですから……」

言われてみればそのとおりだ。人間の紬からすればなかなかわかりにくい感覚だけれど、こういうことも少しずつ覚えていかなければ。

ひとしきりお茶を楽しんだ後は、盥に水を溜めて顔を洗い、身支度を調える。

リートが用意してくれたのは黒いパンツと細かな刺繍《ししゅう》が施された生成《きな》りのブラウスだ。この国の伝統衣装だそうで、繊細な手仕事に人々の忍耐強い性格を窺い知ることができる。胸の前で黒いリボンを結び、同じ色の腰帯を正面で結べば完成だ。

「良くお似合いです。ツムギ様」

「ありがとう」

新鮮な気持ちで窓から外を見下ろす。

通常、王族付きの使用人は主塔に住む決まりだが、紬の場合は来訪者のため急遽別棟の一室を宛がわれた。おかげで中庭が一望できる。あの薔薇の根元に倒れていたんだっけとなにげなく呟くと、リートがすかさず「ロズロサですね」と教えてくれた。

「別名『記憶の花』とも呼ばれているんですよ」

「え？」

「昨日召し上がった砂糖漬けには特別な意味があるんです」

ローゼンリヒトは薔薇の国と呼ばれ、国の至る所で真っ赤な薔薇が咲き乱れているが、城の中庭には唯一無二の薔薇がある。それが王家の宝、ロズロサだという。

「ロズロサには、大切な記憶を忘れさせる作用があります。だから決められたもの以外は花に近づいてはいけないんです」

「あぁ、それで……」

護衛たちはあんなに怒っていたのだ。紬がロズロサの枝に縋ろうとしたから。

「そんな花、危なくないの？」

「いいえ。必要なものなんですよ」

愛する人の死や別れ、辛い出来事によって心に深い傷を負い、生きる気力をなくすほど衰弱してしまったものは、一生に一度だけロズロサの助けを借りることが許されている。花びらを砂糖漬けにしたものを食べることによって記憶そのものを消し去るのだ。

愛する人を忘れるなんて薄情だと言うものもいる。どんなに辛い過去でも背負って歩くべきだと言うものもいる。

けれど過ぎた重みは心を壊し、時に命までをも奪うのだ。そうさせないために、そしてもう一度自分の人生に向き合うために、最後の手段としてこの国に長く伝わっているものなのだとリートは教えてくれた。

そんなロズロサを、昨日口にした。

「ということはつまり、ぼくの記憶も……？」

「はい。おそらく」

リートが神妙な顔で頷く。

一連の説明には紬自身も思い当たる節《ふし》があった。どんなにもとの世界のことを考えても霞《かすみ》がかかったように曖昧《あいまい》で、なにも思い出せなかったからだ。

これまでロズロサを口にしてきた人たちのように、消したいほど辛い過去があったとは思わないけれど、それも今となっては確かめようがない。己の中からなにが消えたのか、自分には知りようもないのだから。

「どうすればもとに戻せるか、知ってる？」

努めてあかるく訊ねたものの、リートは申し訳なさそうに首をふるばかりだった。

「申し訳ありません。記憶を消したい人だけが口にするものなので、戻し方までは……」

「そっか……」

どうやら一筋縄ではいかないようだ。どうしたものかと考えていると、そこへ控えめなノックが響いた。

「おはようございます。ツムギ様」

おだやかな声とともにひとりの男性が入ってくる。白い口髭を蓄えた老齢のその人は、ていねいな身のこなしで深々と頭を下げた。

「王室付きの医師をしております、エウロパと申します。本日よりアスラン様のお食事係をされると聞き及びましたので、既往症《きおうしょう》やアレルギーについてお伝えを」

なんでも彼は、先々代の王の時代から城に仕える古参の側近なのだそうだ。「歳を取っているだけでございますよ」と笑うエウロパの講義をメモに取り、それを何度も読み返して頭に叩きこむと、紬はリートやエウロパとともに調理塔へ向かった。

いよいよこの国での初仕事だ。

厨房に着くと、アスラン専属の料理人がふたり、紬が来るのを待っていた。軽く挨拶を交わした後はさっそくアスランの好みについて説明を受ける。

「アスラン様はシナモンやローズマリーなど匂いの強いものがお嫌いです。キノコ類全般、葉野菜全般、人参やじゃがいもなどの根菜類、豆、レバー、魚全般もよく残されます」

思わず耳を疑った。

「……逆に、食べられるものは?」

ふたりは揃って嘆息する。どうやらかなり苦労しているらしい。

「ミートボールはよく召し上がります。焼いたお肉より、煮込んだものの方がお好みです」

「なるほど」

「甘いものが大変お好きですが、栄養のバランスを考えてたくさんはお出しできません。陛下も甘やかしてはならないと」

「フルーツも食べますか?」

「はい。お好きでいらっしゃいますよ。特に林檎《りんご》が」

その言葉に、とあるレシピが頭に浮かぶ。朝食は分担して作るというので紬はスープを担当させてもらうことにした。

今日はだいぶ日射しが強い。体温の高い子供はいつにも増して食欲が湧かないかもしれない。そこで紬は、キセーリという冷たい林檎のスープを前菜代わりに作ることにした。

林檎の爽やかな香りは食欲をそそるし、ビタミンCも豊富だ。レモンや砂糖とともに甘く煮て裏漉《ご》しし、とろみをつけて、器《うつわ》ごと冷やしたスープに小さなミントの葉を添えた。

それぞれの料理人が作ったかわいらしい朝食がワゴンに乗せられる。そのまま王族用の食堂に運ぶのかと思いきや、料理長から「アスラン様のお部屋へ」と言われて驚いた。

「オルデリクス様と一緒に食べないんですか?」

「陛下は政務の合間に摂られます。そのため朝と昼は別々に、夜もほとんどお顔を合わせることはございません」

「そんな……」

わずか二歳の子供がたったひとりで食事をしているなんて。

気になって、アスランの母親はどうしているのか訊ねたところ、彼の両親はすでにこの世の人ではないとの答えが返ってきた。

「アスラン様は前国王、フレデリクス様のご子息でいらっしゃいます」

つまり、オルデリクスとアスランは叔父と甥の関係ということになる。

「アスラン様は陛下をとても慕っておいでです。ほんとうは甘えたいでしょうに、政務の邪魔になるからと近寄れずに……陛下もお相手をしてくだされば良いのですが……」

エウロパが小さく嘆息する。事情が事情だけに難しい問題なのだろう。話を聞いているだけでますますアスランがかわいそうに思えてくる。

――なんとかしてあげられたらいいのに……。

せめて笑顔にしてやれたらと、ワゴンに乗せたスープに願いをこめる。

紬が配膳係とともに部屋に到着すると、アスランは椅子に座ってぼんやりとしていた。まだ眠いのか、小さな手でしきりに目を擦っている。朝食を並べても興味はないようで、乳母が勧めてもスプーンを握ろうともしない。

ならばと、紬は毒味が終わったスープを一匙掬い、アスランの口元に差し出した。

「アスラン、あーんして？　おいしいよ。アスランの大好きな林檎だよ」

その言葉に、アスランが弾かれたように顔を上げる。

「あーん」

紬の真似をして開けた口にスプーンを差し入れると、アスランの表情がみるみる晴れた。

「りんご!」

「そう。おいしい?」

「ん! ん!」

もっと食べるという意思表示だ。

「いい子だね。これならいっぱい食べられそうかな?」

「たべる!」

全身を使ってよろこびを表現するアスランに、傍にいた侍従たちは興味津々だ。

「アスラン様が自分から食べたいとおっしゃるなんて……」

「良かったら、皆さんもいかがですか」

アスランの相手を他に任せ、彼らにもスープをわける。冷たいフルーツスープはこの国では珍しいものだったようで、皆驚きながらもおいしいとよろこんでくれた。

「気持ちがほっとする味ですね。甘くて、冷たくて……いくらでも食べられそうです」

ジルと名乗ったアスランの教育係が一礼する。

「ツムギ様は他国からいらしたと聞きました。そちらでもお料理を?」

「細かいことは覚えていませんが、たぶん、そうなんだと思います。料理をしている時が

一番しあわせだなって思うので」

ジルは空になった皿をしみじみと見ながら「わかる気がします」と微笑んだ。

「人間でいらっしゃるというのはほんとうですか」

王子の乳母が話に加わる。物怖じしない性格なのか、ハキハキとして利発そうな人だ。

「獣化なさらないというのはほんとうですか」

「こら。ミレーネ」

ジルが慌てて窘める。

「いいですよ。それに、どちらもほんとうのことです」

頷くと、ミレーネは銀縁の眼鏡をクイと持ち上げ、しげしげと紬の顔を見上げた。

「どんな方かと思っておりましたが、お話しして安心いたしました」

ミレーネがうれしそうに目を細める。

そんな大人たちをよそにアスランは林檎のスープをペロリと平らげ、他も半分ほど食べて朝食を終えた。王位継承者である彼は朝から夕方までみっちりカリキュラムが組まれているそうなので、邪魔にならないよう紬たちは足早に部屋を出る。

「まだ二歳なのに、アスランは偉いなぁ」

ドアをふり返りながら呟く紬に、エウロパは懐かしそうに目を細めた。

「前国王もそのようにしてお育ちになりました。帝王学だけでなく、獣化についても学ばれるのです。アスラン様も陛下のように立派な獅子になっていただかなくては」

「そっか、アスランも獅子の獣人なんですね。エウロパさんの属性をお伺いしても？」

「ほほほ。私は見てのとおりの山羊ですよ」

なるほど、口髭がイメージそのままだ。妙に納得する紬にリートが「ジルさんは鹿で、ミレーネさんは山猫です」と教えてくれた。

「皆さんそれぞれでおもしろいですね。それに、雰囲気がぴったりで」

「せっかくですし、ツムギ様も獣化してみます？」

「もう。リートったら」

顔を見合わせて笑いながら廊下を歩いていた時だ。

向こうからやってきた男たちが立ち塞がるように歩みを止めた。歳は五十代半ばほどだろうか。こちらを値踏《ねぶ》みするような態度からは隠しきれない横暴さが滲み出ている。

「ダスティン様にはお気をつけください」

リートに耳打ちされると同時に、ダスティンと思しき男が濁声《だみごえ》で話しかけてきた。

「そなたか。城に忍びこんだ鼠というのは。災いの種を撒きに来たのだろう。どんな手を使ったのかは知らぬが、卑しくも王に阿《おもね》り、王子にまでゴマを擦るとはいい度胸だ。どこの馬の骨とも知れぬ人間風情が」

「なにを申されます。ツムギ様は陛下よりお役目を拝命《はいめい》されているのですよ」

すぐにエウロパが庇ってくれたが、男たちは聞く耳を持たずに紬を取り囲む。

「邪魔者は去れ。さもなくば、招《まね》かざる客がどうなるかを徹底的に教えてやろう」

紬が困惑していると、タイミング良くギルニスと侍従たちが通りかかった。

「ツムギじゃないか。どうした、そんなところで」

横暴な男たちは彼を見るなり顔を見合わせ、そそくさとその場から立ち去っていく。

急いでやってきたギルニスはエウロパの説明を聞くなり、やれやれと顔を顰めた。

「そんなことだろうとは思ったが……。あいつらはほんと、新しいことが嫌いだからな」

ダスティンは代々王家に仕えてきた保守派の一族で、彼はその長に当たるという。

「保守派の方々は、外交政策に力を入れる陛下となにかにつけ対立されているのです」

ギルニスの苦言とエウロパの説明で、ようやく概要を把握することができた。

「ということは、お城にいる限りあの人たちとはまた顔を合わせることになりますよね。

ぼくがずっとここにいては、不満の矛先がオルデリクス様に向かってご迷惑を……」

「いや、それはない」

ギルニスが語尾を奪うようにして笑い飛ばす。

「陛下が相手にするわけがない。しつこいようならいつでも俺が出てってやる。あいつら、俺に口で勝てた例しがないからな。もちろん力でも負けたことはないが」

「ぼくも味方ですよ。ツムギ様」

「ご相談がございましたらなんなりと」

「皆さん……」

三人の顔を眺め回し、胸がふわっとあたたかくなる。自分のために心を砕いてくれる人たちがいるのなら、そのやさしさに精いっぱい応えていかなければ。

「ありがとうございます。ぼくなりに一生懸命頑張りますね」

「よし。その意気だ」

宣言する紬に、ギルニスたちもまた満面の笑みで頷くのだった。


まずは国を知ることからはじめるといい――。

そう言って部屋から引っ張り出された紬は、あれよあれよという間にギルニスに城下へ連れていかれた。城の外に出たりして、龍人に喰われたらどうしよう……と考えていたのもはじめのうちだけで、すぐに素晴らしい景色に夢中になった。

周囲を高い山々に囲まれ、自然の要塞として難攻不落を誇るローゼンリヒトは、北は氷点下十度にもなる極寒の地から、南は比較的温暖な文化都市まで、南北に長く伸びている。育つ穀物には限りがあり、地理的な制約も多々あったが、それでも人々は肩を寄せ合い、大地の恵みを分け合いながら慎ましく暮らしてきた。

そんな民の心の拠りどころが国花の赤い薔薇であり、城であり、城が建つ丘で育《はぐく》まれる葡萄《ぶどう》だという。

「このあたりは昔から葡萄栽培が盛んでな。寒暖の差が激しい分、糖度が高く甘くなる。ワインはこの国の特産物のひとつだ」

秋になると人々が総出でやってきて、葡萄を摘み、ワイン作りをするのだそうだ。その後に行われる収穫祭が毎年の楽しみなのだとギルニスは頬をゆるませた。

そんな話を聞きながら城に向かって急勾配《きゅうこうばい》の坂を上っていく。一際高く聳《そび》える主塔には誇らしげに国旗がはためいているのが見えた。

「あそこで敵の動きを監視する。戦いの際は攻撃したり、籠城《ろうじょう》したりもな」

「籠城…、ですか。平和ではないのですか」

「常にそう在りたいもんだがな。実際には諍《いさか》いも起こる。万が一の備《そな》えだ」

敵の侵入を阻《はば》むため城の入口は二階にあり、一階は貯蔵庫、地下は石牢として使われるのだそうだ。そんな話を聞きながらギルニスについて坂を上り、石造りの城門を潜る。

するとすぐ、圧巻の景色が飛びこんできた。

「わぁ！　葡萄畑があんなに広いなんて……。街中の人が総出で収穫するんですもんね。楽しいだろうなぁ。……あ、さっき見た城壁もあんなに遠くに！」

葡萄畑の遙か下にはブルーグレーの屋根が群れをなしている。家々は山の裾野にまで迫り、そのすぐ後ろには目を瞠るほどの険しい山脈が続いていた。頂は雲を留めるほどだ。とてもおいそれと越えられるものではないだろう。

「あれがさっき言った自然の要塞、ダガード山脈だ」

二千メートル級の山々は周辺国からの侵入を阻《はば》むだけでなく、南から流れてくるあたたかな空気を上空に留め、たっぷり雨を降らせるおかげで、ローゼンリヒトに豊かな恵みをもたらしてくれるのだと言う。

「ありがたい地形である反面、向こうとは歴史や文化が分断されやすいけどな」

「あちらにはなにがあるんですか？」

「イシュテヴァルダという人間の国だ」

「人間の……？」

ここが獣人の国ということで、てっきり周りも同じだと思っていたけれど、自分と同じ人間が暮らす国もあると知って俄然《がぜん》興味が湧いてくる。

けれど、つい最近まで人の王が狼を排除していたと聞いて言葉を呑んだ。

「虐《しいた》げられるくらいなら、獣人だけで暮らした方がマシだ」

「あの、なんと言ったらいいか……同じ人間として申し訳ありません」

「いいって。おまえを責めてるわけじゃない」

ギルニスがやや苦い顔で笑う。

「それに悪いことばかりじゃない。少し前に王が人狼を伴侶《はんりょ》に迎えた。お互い愛し合ってのことだったと聞く」

結婚式にはオルデリクスも国賓《こくひん》として招待され、ギルニス以下数名の側近たちもそれに随行したのだそうだ。ほんとうにしあわせそうだったと思い出に目を細めるギルニスに、紬もほっと胸を撫で下ろした。

「お互いに、一生を添い遂げる大切な相手だってわかったんでしょうね」

「かつてあの国では、人と狼は排除する側、される側だった。長い間敵同士だったたんだ。それが種族さえ越えて和解できるなんてな……。人と獣がわかり合えるなら獣同士なんてよっぽど簡単だろうに、こればっかりはどうにも」

思うところがあるようで、ギルニスが小さく嘆息《たんそく》する。

その隣に立ち、静かに景色を見下ろしながら、紬もまたこの国の営《いとな》みに思いを馳《は》せた。

どこまでも続く青い屋根。あのひとつひとつに人々の日常があり、思い出があり、歴史がある。奥には鬱蒼《うっそう》とした森が繁り、その近くには悠々と流れる川が見えた。

なんと豊かな国だろう。まるで平和の象徴のようだ。

「あの山の向こうは人の国。それなら、こちら川の向こうにはなにが？」

なにげなく見上げた紬は、ギルニスの横顔が強張《こわば》っていることに気づいてはっとなる。

「敵だ。川の向こうには敵国がある――」

それは予想もしない答えだった。

国境を兼ねるバーゼル川の対岸には、龍人たちが統治するゲルヘムという国がある。

水場を好む龍人たちは獣化すると身体の表面が鱗で覆われるのが特徴で、流れの速い川でも自在に泳げるばかりでなく、長時間水に潜っていられるようになるという。もともと定住地を持たない彼らだったが、バーゼル川が大雨による氾濫《はんらん》をくり返し、流域に誰も住みたがらないとの噂を聞きつけて、半ば押しかけるようにして国家を築いた。

「ゲルヘムの男たちはとにかく気性が荒い。侵略と闘争をくり返してできた国だからな」

そのため国は常に不安定でローゼンリヒトを羨む龍人さえいるのだそうだ。ならば話し合いでどうにかなるのではと思ったが、紬が口を開くより早くギルニスが首をふった。

「言いたいことはわかる。獣人同士、仲良くしろって言いたいんだろ。俺だって何度そう思ったか……。だが、あいつら相手には無理なんだ」

ともに純粋な人間ではないもの同士、共通点が多いからこそ相手と比べてしまうものなのか、龍人たちは技術や武力などのあらゆる点において自国の方が優れていると主張し、ローゼンリヒトを見下すようになった。そのせいで両国の関係は年々悪化の一途を辿り、国境付近ではたびたび小競り合いまで起こる始末だ。

「八年前の戦いでローゼンリヒトが勝ったんだ。それを今でも恨まれてる」

この国では、生活や灌漑《かんがい》用水の多くをバーゼル川に頼っている。龍人たちが水の供給をコントロールしてローゼンリヒトを支配下に置こうとしたことがきっかけで戦いが起きた。

だが、事前に動きを察知していた先々代の王によってその目論見《もくろみ》は暴かれ、龍人たちは返り討ちに遭ったばかりか、降伏《こうふく》宣言を余儀なくされた。プライドを傷つけられた彼らは隙あらば「借りを返してやる」と躍起になっているらしい。

「あいつらは水の中が得意だ。陸上では俺たち獣人に分があっても、一度水中に引きずりこまれたら百パーセント勝ち目はない」

バーゼル川の近くにはいくつもの森が点在している。こちらから気安く川を渡ることはできない代わり、向こうもおいそれと森に踏み入ることはできない。そんな両睨みの事態に苛立ってか、最近では厭がらせのように国境近くの家や畑が荒らされる事件が続いていた。こちらもそのたびに警戒を強めており、まさに一触即発という状況だ。

「オルデリクスが神経質になるのも無理はない。それに苦言を呈するやつらもいる。……まぁ、あいつの場合は誤解されやすい性格でもあるんだけどな」

ギルニスが悪戯っ子のように肩を竦める。まるで悪友を語るような気安さに紬が目を丸くしていると、彼は「あぁ」とひとつ頷いた。

「おまえは知らなかったよな。普段はこうなんだ。あいつとは幼馴染みだからな」

「幼馴染み？」

「わけあって、物心つく前から一緒に育った。人前でこそ側近としておかしくないように気をつけてはいるが、今さら畏《かしこ》まって喋るなんて無理だ」

オルデリクスは一度気を許した相手がよそよそしくするのを極端に嫌い、幼馴染みには対等な態度を求めるそうだ。そうしてもう三十年になると続けた後で、ギルニスは不意にどこか遠くを見るような目になった。

「そうやって、自分には味方がいるって実感したかったのかもしれないな。王には絶大な権力と引き替えに孤独と戦う役目もある。あいつの場合は特に……」

ギルニスは嘆息した後で、「フレデリクス様のことは聞いているか」と訊ねてきた。

「亡くなったオルデリクス様のお兄様だと……」

「あぁ。オルデリクスはずっとフレデリクス様に認められたいと望んでいた。一度も口にしたことはなかったが、長い間傍で見てたんだ。俺にはわかる」

兄を尊敬し、憧れていたオルデリクス。

認められる男になるために、小さな頃から文武両道に励《はげ》んできたのだそうだ。早朝から語学や兵法、薬学を学び、午後にはギルニス相手に剣を操り、弓を引き、馬に乗り、兄の右腕になるためのありとあらゆることに情熱を傾けてきた。

その結果、有事の際には危険も省みず、自ら盾となって国を守れる勇敢な男に育った。それもこれもすべて兄のためだ。王位を継いだフレデリクスを支えるべく、さぁこれから、という時だった。

「フレデリクス様が亡くなられて……あの時のオルデリクスの取り乱しようと言ったら、とても見ちゃいられなかった。魂の半分を引きちぎられたようになってな。大切なものを失った哀しみでしばらくは口も利けない有様だった」

どんなに人々の尊敬も集めても、誰もが憧れる頭脳と屈強な身体を手に入れても、オルデリクスの心は空っぽになった。もはや幼馴染みの声など届かず、無力感を味わうしかなかったとギルニスは悔しそうに呟いた。

「いつまでも過去に囚われてちゃいけないことぐらい、あいつだってわかってる。だが、すんなり割りきれるような話じゃないんだ。頭でいくら理解しても、心がついてくるには時間がかかる。それに一番苦しんでるのはオルデリクスだ」

おいそれと人を近づけさせないあのオーラも、すべてを見透かすようなあの眼差しも、敵国との緊張状態が続く中で国を守るべく身につけた鎧《よろい》なのかもしれない。永遠に満たされることのないこの世界で、せめてその思いを継ぐため己を無にして。

あぁ、それはどれほど深い孤独だろう。自分には想像することもできない。

紬は大きく深呼吸をすると、噛み締めるように言葉を継いだ。

「ぼくは、人間です。皆さんのように獣化することはできません。それでも、思いをわかち合うことならできる。知らないからこそ知りたい。理解したいと思います」

オルデリクスのことを。その心に巣食う苦しみを。

そう言うと、ギルニスは一瞬顔を歪め、それからおだやかなため息をついた。

「おまえに話して良かった。……あいつは取っつきにくい男だが、やさしいところもある。不器用なんだ。だからうまく表現できない。オルデリクスのこと、わかってやってくれ」

おまえにしか頼めないとまで言われ、紬はぶんぶんと首をふった。

「ぼくなんかより、ギルニスさんの方がよっぽど……」

「いいや、おまえだな。俺の勘は当たるんだ」

ギルニスが芝居がかった調子で片目を瞑る。それがなんだかおかしくて、紬もつられて笑ってしまった。

いつか、そんな日が来ることを心から願う。

理解の先にある未来を。

すべてとともに生きるよろこびを。


この国のため、そして国の将来を担うアスランの健《すこ》やかな心身のために、まずは好き嫌いをなくすべく紬は一計を案じた。

料理が愛情なら、食べることは楽しみだ。それをわかってもらえるように、なにが出てくるかお楽しみの特製ランチボックスを用意した。

大きなバスケットとともに部屋に赴《おもむ》くと、アスランがぱっと駆け寄ってくる。

「チー！　ごはん？　ごはん？」

目をきらきらさせながら足に抱きつくアスランの目の前にしゃがみこむと、紬はそっと金色の髪を撫でた。

「ごはん楽しみにしてくれるようになったんだねぇ」

あれも苦手、これも嫌いと、料理人を困らせてばかりだったのに。

「じゃあ、せっかくだから外に行かない？」

「ん？」

アスランが右に小首を傾げる。すぐ傍にいたジルやミレーネも同様だ。三人そっくりの仕草に噴き出しそうになりながら紬は「ピクニックに行こう」と外を指した。

「今日はお天気もいいし、芝生《しばふ》の上で食べようよ。お日様の下で食べるとおいしいよ」

歓声を上げるアスランの手を取り、ジルやミレーネもぜひにと誘って庭に出る。花壇の前で車座になると、紬はバスケットから直径十五センチほどのカンパーニュを取り出した。

「はい。アスラン、どうぞ」

「アシュの！」

「これはジルの分。こっちはミレーネの分」

「私たちもよろしいんですか」

驚くジルたちに頷きながら、紬は「ランチボックスにしたんです」と種明かしをする。

持ち運びに向かない陶器の代わりに丸パンを刳《く》り抜いておかずを詰めた。

アスランの大好きなミートボールに、彩りを添えるブロッコリー。黄色いパプリカは星型に切って、人参は甘くグラッセにした。錦糸卵を鬣に見立てたハンバーグのライオンも作ったけれどアスランは気づいてくれるだろうか。

パンの蓋を開け、中を覗きこんだアスランは「きゃー！」と元気な声を上げた。

「パンの、なかに、はいってる！」

「そうだよ。アスランの好きなものがいっぱい入ってるよ」

「あっ、とうさま！」

真っ先に指差したのはハンバーグのライオンだ。

「とうさま、かっこいい」

「アスランも、オルデリクス様みたいに立派な獅子になるんだよね？」

「うん。……まだ、なれないけど」

しゅんとなるのさえかわいくて、紬はよしよしと頭を撫でた。

「大丈夫だよ。大きくなったらきっと上手に獣化できるよ。毎日頑張ってるもんね」

「ん！」

アスランはほっとしたように満面の笑みを浮かべながらランチボックスに手をつける。

フォークと手を一度に使いながら彼は口いっぱいにミートボールを頬張った。

「おいし！」

「ね。おいしいね」

一口食べては美しい庭を眺め、また一口食べては他愛もない話をする。こんなふうに気取らない食事もはじめてなら屋外で食べたのもはじめてだそうで、アスランだけでなく、ジルもミレーネもうれしそうによく笑った。

そんな雰囲気につられたのか、アスランはぱくぱくとよく食べる。偏食王子の異名など吹き飛ばしてしまったようだ。

待ち焦がれた光景に、大人たちは胸を熱くせずにはいられなかった。


その日の夜、ギルニスに頼んでオルデリクスの時間を少しだけ都合してもらった。

アスランがランチをたくさん食べたこと、好き嫌いも減ったことをぜひとも伝えておきたかったのだ。大好きな父親に褒めてもらえれば彼ももっとやる気になるだろうから。

「こちらへ」

通された執務室は装飾が少なく、いかにも仕事部屋といった趣きだ。

オルデリクスは会議の真っ最中なのか、卓上の地図を見ながら武官らと話しこんでいる。

落ち着いて話を聞いてもらう余裕はなさそうだと判断した紬は、ならばと思いきって一歩前に進み出た。

「アスラン様のことでご報告に来ました。この頃はごはんを残されることも少なくなり、好き嫌いも減っています。今日はフォークを上手に使ってランチを完食されました」

「そうか」

そっけない返事に一瞬詰まったものの、己を奮《ふる》い立たせて話し続ける。

「今日のお昼は皆でピクニックをしたんです。ライオンに見立てたハンバーグを見るなり、アスラン様は『とうさまだ！』とよろこんでくれました。ぼくにオルデリクス様のことをたくさんお話ししてくれましたよ。お父さんが大好きなんですね」

一緒にいる時間などあってないようなものだろうに、アスランは一途にオルデリクスを慕っている。そのいじらしさには胸を打たれるばかりだ。

「アスラン様は『またたべたい』と言ってくれました。食事に興味を持つのははじめてのことだそうです。なので今度、良かったらオルデリクス様もご一緒に……」

「その必要はない」

まるで紬の話など興味はないと言わんばかりの冷たい声だ。怖《お》じ気《け》づきそうになるのを堪えて紬は必死に食い下がった。

「必要がないって、どういう意味ですか」

「生活管理は家臣に任せている」

「ですが、おふたりは一緒に食事をされることも稀《まれ》と聞きました。普段アスラン様がどんなふうに食事を楽んでいるか、ぜひその目で見て知っていただこうと……」

「もう一度言う。その必要はない。食事など腹に入れれば皆同じだ。あれの場合は口にするものが偏《かたよ》っていたせいで対策が必要だったが、成長に支障がなくなればそれでいい」

思ってもみなかった答えに呆然となる。

「……………ご自分の、子供ですよね」

「育てるのは乳母の仕事だ」

「あなたは肉親でしょう」

「だからどうした」

「忘れ形見《がたみ》を大切にしないと罰が当たります」

その瞬間、オルデリクスの纏う空気がガラリと変わった。

「誰に聞いた」

「俺が話しました。申し訳ありません」

ギルニスがすかさず割って入ったものの、オルデリクスはそれを一蹴《いっしゅう》する。

「おまえは下がっていろ」

「ですが」

「下がっていろと言ったのが聞こえなかったのか。俺はこの男と話をしているんだ。……言え。なんの権利があって俺の中に踏みこもうとする」

有無を言わせぬ強い口調に息を呑んだ。獲物を追い詰める獣のような眼差しに、動物としての本能が警鐘を鳴らす。それでも紬は両足を踏ん張り必死に顔を上げ続けた。

「ぼくには権利なんてありません。それでも、アスラン様にとってオルデリクス様がとても大切な存在だということはわかります。少しずつでいいんです。フレデリクス様を思われるように、アスラン様のことも気にかけてあげてもらえませんか」

オルデリクスは答えない。ただじっと紬を睨むばかりだ。

しばらくして、彼は渇いた笑いとともに首をふった。

「おまえの名は人と人をつなぐのだと言ったな。だからそうやって割って入ってこようとするのか。それはただのエゴではないのか」

「なっ……。アスラン様は寂しがっているんですよ」

「王位継承者の自覚が足りないだけだ」

「まだ二歳なんです」

「王家に生まれたからには覚悟してもらう」

どうやったって伝わらない。微塵もわかってもらえない。聞く耳を持とうとさえしないオルデリクスに紬もとうとうカッとなった。

「今だって充分頑張ってるんですよ。少しぐらいやさしくしてあげたっていいでしょう。どうしてわかってあげないんですか。あなたに心はないんですか」

「うるさい！　おまえになにがわかる！」

ビリビリとした怒号が響き渡る。胸倉を掴まれ、力任せに吊り上げられた。

「誰に向かって口を利いている。国王であるこの俺に逆らうつもりか」

「ぼくは、オルデリクス様と話をしています。国王である前にひとりの人として。二歳のかわいい息子を持つ、お父さんであるあなたと」

オルデリクスの爛々《らんらん》と閃《ひらめ》く双眼に自分の姿が映っている。獣化せずともこのまま頭から一呑みにされてしまいそうだ。それでも紬は怯むことなく一心にオルデリクスの目を見つめ続けた。

ほんとうは怖い。ふるえるほど怖い。けれど、今ここで逃げたら二度とこの話はできなくなる。そうしたらアスランに向き合ってもらえなくなる。

どれくらいそうしていただろう。

「……ひとりの人としてなど、生きたこともない」

忌々しげに吐き出すと、オルデリクスは紬を吊り上げていた手を離した。

ゲホゲホと咳きこむ紬をよそに着衣の乱れを整えた彼は、取り乱したことなどなかったようにその顔から表情を消す。急激な変化についていけず戸惑うばかりの紬に、オルデリクスは淡々と告げた。

「俺に心がないのかと訊いたな。……生憎《あいにく》と、不要なものは持たない主義だ」

「え？」

「そんなものはとうに捨てた」

なんの感情も籠もらない声に、トン、と突き放される。それは見えない楔《くさび》となって紬の胸に突き刺さった。

——どうして、そんな………。

呆然とする紬をよそに、オルデリクスは再び武官らと話しはじめる。地図を指し作戦会議に熱中していく後ろ姿を見つめながら、もはや言葉を交わす余地すらなくなったことを苦い思いで噛み締めるしかなかった。

「失礼…、しました。お許しください」

こちらを見ようともしない背中にふるえる声で一礼し、侍従たちにも目礼をして執務室を後にする。ギルニスが声をかけてくれたが今は話をする気にはなれなかった。

口を真一文字に引き結び、脇目もふらずに廊下を行く。その歩みはやがて早足になり、気づいた時には駆け出していた。

紬がオルデリクスに直談判《じかだんぱん》した話は瞬く間に城内を駆け巡った。

保守派は「余所者が王に楯突いた」と声高に叫んでいる。もともとオルデリクスのやり方に異を唱える連中だったが、この機に乗じて邪魔な紬を追い出す腹づもりなのだろう。人間が城内をウロつくなど言語道断とたびたび王に進言していると聞いた。

彼らに騒ぐ口実を与えてしまった事実に暗澹《あんたん》たる気持ちになる。

どうして言い合いなんかになってしまったのだろう。アスランの様子を伝えられればそれで良かったはずなのに。あんなにムキになる必要なんてなかった。

——あなたに心はないんですか。

ひどい言葉でオルデリクスを詰《なじ》った。自分の名にこめられた意味をエゴと言われ、ついカッとなってしまったのだ。

——おまえになにがわかる！

ビリビリと響き渡った怒声が今も耳から離れない。

それでも紬の胸に突き刺さったのは、怒りさえも凌駕するオルデリクスの諦観《ていかん》だった。

――ひとりの人としてなど、生きたこともない。

それが彼の生き方なのだ。自分とはあまりに違う。国の命運を背負うがゆえにオルデリクスは己を捨て、王として生きることを選んだのだろう。

「……」

やりきれない思いに、紬はもう何度目かもわからないため息をついた。

部屋にいても詮ないことばかり考えてしまうからとやってきたはずだったのに、大好きな図書室にいても気がつくとオルデリクスの顔ばかり思い浮かべている。もう一度小さく息を吐くと、気持ちを切り替えるべくぐるりと室内を見渡した。

図書室の中は落ち着いたオリーブグリーンでまとめられ、飴色《あめいろ》に磨かれた木製の書架がいくつも並んでいる。静かで落ち着いた空間は考え事をしたい時、ひとりになりたい時のとっておきの隠れ家だった。

「ツムギ様」

不意に声をかけられてそちらを見ると、エウロパが立っていた。

「この頃よくおひとりでいらっしゃいますね。お邪魔でなければ、私もご一緒させていただいてもよろしいですか」

「あ…、はい。どうぞ」

紬が応じるのを待ってエウロパも椅子に腰を下ろす。そうしてあらためてこちらを見た彼はいたわるように目を細めた。

「陛下と、お話をなさったそうですね」

「……言ってはいけないことを言ってしまったんです。ぼくが悪いんです」

「闇雲にご自分を責めてはいけませんよ」

エウロパはゆっくりと首をふると、声のトーンを落として続ける。

「陛下は、この国を守ることこそフレデリクス様の遺志を示す唯一の手段とお考えです」

志半《こころざしなか》ばで亡くなった兄王フレデリクス。

皆から愛され慕われた兄が遺したこの国を、ただの一部も傷つけぬよう、国土や国民を奪われぬよう、オルデリクスは死にもの狂いで気を張っている。ひとたび戦いが起これば指揮を執り、先陣を切って突っこんでいく。家臣がいくら言っても聞かないのだそうだ。兵士たちの士気を上げるため、この国を守るためならなんでもやると。

事実、オルデリクスが王位に就いてから敵国との間に二度の小競《こぜ》り合いが起こったが、そのいずれにも出撃したそうだ。危険を顧《かえり》みず、自らを国に捧げようとする王を見て兵士たちは奮い立ち、民は思いを寄せた。その甲斐あって、ローゼンリヒトはかつてないほど鉄壁の守りを誇るようになったのだ。

そしてそれと引き替えに、オルデリクスは心をなくした。

「私は陛下にもっとお心安らかに、ご自分を大切にお過ごしいただきたいのです。そこで伴侶を迎えるご提案をしました。……無駄だと一蹴されてしまいましたが」

この国には、すでに王位継承者のアスランがいる。文武両道に秀でたフレデリクス王の血を引く彼の即位を国民は心待ちにしこそすれ、他を望むべくもない。

そんなところにオルデリクスが子をもうければ、現王の子に王位を継がせるべきだとの諍いが起る。余計な争いは避けなければならないとオルデリクスは頑《がん》として勧めを拒んだ。最近ではこの話になると老従を遠ざけることさえあるのだそうだ。

幼い頃から目標としていた兄はすでに亡く、忘れ形見が即位するまでの間を埋めるだけの人生。虚しさから目を逸らすためか、自身を過剰なほど追いこんでいるように見えるとエウロパはため息をついた。

片や獣人、此方は人間。たとえ種族は違ってもその気持ちはよくわかる。自分も大切な人を亡くしたら、何年も引き摺るだろうから――。

そこまで考えてはっとした。

ロズロサによって記憶をなくした今、過去に大切な人を亡くしたかどうか、それすらもわからない。自分がどんな暮らしをしていたか、もとの世界への戻り方すらわからないままでいる。唐突にそんなことを思い出して胸の奥がざわっとなった。

城の中でも生き字引と呼ばれる彼ならなにか手がかりを知っているかもしれない。紬は思いきって「つかぬことを伺いますが……」と切り出した。

「ぼくのようにこの国に迷いこんだ人、ご存知ありませんか」

「はて……？」

エウロパが首を傾げる。顎髭に手をやった彼は、しばらくして「あぁ」と頷いた。

「そんなこともありましたねぇ。もう十年……いえ、十五年は経ったでしょうか。険しいダガート山脈を越えてきたものたちがおりました」

「……！　その人たちは、今どうされているんですか」

「この国でおだやかに暮らしていますよ。伴侶を得たものや、子をもうけたものもいると耳にしたことがございます」

「か…、帰った人は？」

エウロパがわずかに答えをためらう。それでも切羽詰まった紬の様子にただならぬものを感じたのだろう。わずかな逡巡の後に言葉を続けた。

「帰ったものはおりません。彼らは、イシュテヴァルダの人狼でしたので」

「人狼……」

鸚鵡《おうむ》返しにくり返した瞬間、すべてを悟る。

そこは、かつて王が狼の殲滅《せんめつ》を命じた国だ。人狼たちは追っ手を逃れ、死にもの狂いで険しい山を登ったのだろう。国境を越え、やっとの思いで自由を手に入れた彼らが祖国に戻るわけなどない。

ローゼンリヒトは獣人の国だ。人狼にとっても居心地がいいだろう。そんな中、ただの人間である自分は除け者だ。もはやただの余所者《よそもの》ですらない。

――いいんだろうか。ぼくなんかがここにいて……。

そう思った瞬間、胸がぎゅうっと痛くなった。

獣人である彼らを理解したい、王であるオルデリクスをわかりたいと思っていたけれど、背負ってきたものが違いすぎてどうやって間を埋めればいいかもわからない。

ただただ不安が沁みてゆく。焦りばかりが迫り上がる。

「何事も慣れるには時間がかかるものです。陛下も国のゴタゴタが落ち着けば周囲に目を向ける余裕も生まれましょう。今は焦らないことですよ」

エウロパは励ましてくれたけれど、とても手放しに受け取ることはできず、紬は曖昧に頷くと「部屋に戻ります」と椅子を立った。

「もう少し、ひとりで考えてみます。ありがとうございました」

「ツムギ様」

　悪いと思いながらも強引に話を切り上げる。視線をふり切るように頭を下げると、紬は慌ただしく図書室を後にした。


　ぐるぐると堂々巡りをするうちに数日が過ぎた。

　ひとりで悶々としても答えなど出るわけもなく、それどころか深みに嵌る一方で、この頃は仕事の合間にあちこち歩き回ってばかりいる。

　今日もいつものように城の裏手を散策していた紬は、聞き覚えのある声に足を止めた。

　オルデリクスだ。それに、ギルニスもいる。

　思わず条件反射で柱の陰に身を寄せた。

　彼らの周りには従者らしき姿もなく、ふたりとも至近距離で話をしている。幼馴染みとして向き合う時はこうして人目を避けてのびのびと語らっているのかもしれない。

　邪魔をするのは良くないだろうと、そっと踵を返そうとした時だ。

「ツムギが落ちこんでる。おまえのせいだぞ」

ギルニスの声に動きを止める。

「そんなことを言い出すとはどういう風の吹き回しだ」

「まったく……少しは自分の変化を自覚しろ。鈍いやつだな」

「俺はいつもどおりだ。なにも変わらん」

「おまえ、それ本気で言ってんのか？　だったら今までおまえと口論したやつがいるか？　下手したら殺されるってわかってて、それでもおまえに意見したやつは？　おまえが大声で怒鳴ったことは？」

矢継ぎ早な問いかけにオルデリクスは目を瞠るばかりだ。

「ひとりもいない。わかるか、ひとりもだ。おまえが感情的になったことも一度もない。ローゼンリヒト王が我を忘れたのはあの一回きりだ」

「っ……」

柱の陰で息を呑む紬同様、オルデリクスもまた一瞬言葉を失った。

「違う。あれは、あの男が生意気なことを」

「痛いところを突かれただけだろ。ツムギが言ったことは正論だ。この国の事情を知らなければ誰だってあいつと同じことを思う。……フレデリクス様のことはツムギだってよくわかってる。だがあいつが訴えてたのはアスラン様のことだ。ひとりの男として、おまえ自身と口を利いてた」

「それが生意気だと言っているんだ」

「俺だって同じだろ」

「おまえは特別だ。今さら変える方が無理だろう」

「そりゃ幼馴染みだからな。何十年一緒にいたと思ってんだ、気心も知れてる。……だがツムギは違う。おまえの決定ひとつであいつは処刑されるかもしれないんだぞ。親兄弟もないこの知らない世界で、なんの後ろ盾もない人間が王に意見することがどれだけ勇気のいることか、おまえだってわからないはずないだろ」

一息に言いきった後で、ギルニスは黒曜石《こくようせき》のような目を眇《すが》めた。

「あいつは悪いやつじゃない。ただおまえのことを知らないだけだ。だから知りたいとも言っていた。価値観が違う。それは埋めていくしかない」

「なぜそんなに肩を持つ。あの男を特別視でもしているのか」

「俺が？　おまえじゃあるまいし」

「どういう意味だ」

「そのまんまだよ。この石頭」

凄《すご》みを増した幼馴染みの視線もなんのその、ギルニスは「とにかく」と言葉を継いだ。

「おまえを変えることができるのはあいつしかいない。この間の一悶着《ひともんちゃく》を見て確信した。もう一度言っておくぞ、オルデリクス。おまえ自身と話をしてくれるのは国中探したってツムギだけだ。おまえが王でも庶民でも関係ない。おまえ自身と向き合おうとしてるんだ。それはわかってやってくれ」

「……いやに担ぐじゃないか」

「そりゃな。俺がどれだけおまえのことを心配してたと思ってるんだ。フレデリクス様が亡くなってからのおまえは毎日死にそうな顔で政務に追われて……人の忠告にも聞く耳なんてなかっただろうが。だが、ツムギには応えた。それがうれしかったんだ」

オルデリクスが実に不愉快そうに顔を顰める。

「他人に踏みこまれることほど不快なことはない」

「それが相互理解の第一歩だ。お互いを知らなきゃわかり合えっこないだろ」

「俺は別に、あの男など……」

「ツムギだ。いい加減覚えろ」

「知っている」

「そうかそうか。それは良かった」

ギルニスはカラカラと笑うと、両手を空に突き上げて伸びをした。

「なんにせよ、おまえにはもっと自由でいてほしいんだよ。国王である前にひとりの男だ。しあわせになっちゃいけないなんて誰も言ってない」

「おまえまでエウロパのようなことを言うのか」

「なるほど。エウロパ殿の気持ちがわかった」

　ギルニスがニヤリと口端を持ち上げる。そんな幼馴染みを渋い顔で眺めていたオルデリクスだったが、やがてそれも馬鹿らしくなったのか、やれやれと息を吐いた。

「お節介が服を着て歩いているような男だな。俺の世話など焼いてなにが楽しい」

「そりゃ楽しいだろ。こんな堅物が変わろうとしてるんだ、世話の焼き甲斐《がい》もある」

「暇があり余っているなら仕事を増やすか」

「こんな時だけ職権乱用するんじゃない」

　顔を顰めるギルニスを見て、一矢報いたとばかりにオルデリクスが口角を上げる。そうして空を見上げた彼は、なにかを思い出すように目を細めた。

「確かに、はじめてかもしれんな。あんなふうにまっすぐ向かってきたものは」

「本音をぶつけるのは難しいもんだ。あいつは得意なんだろうが、おまえはそもそもそういうことするなって言われて育ったしな。だが、やってみる価値はあるし、あいつのためにもそうしてほしい。それがひいてはアスラン様のため、そしてこの国のためにもなる」

「よくわからんことを言う男だ」

「心配すんな。すぐにわかる」

オルデリクスはさらに渋面になる。

だがそんな彼も、しばらくしてしみじみと呟いた。

「…………俺は、変わることなどあり得るだろうか」

「この俺が太鼓判《たいこばん》を押してやる。ツムギのこと嫌ってるわけじゃないだろ？　嫌いなやつなら二度と顔も見たくないと思うもんだが、おまえのそれは違うはずだ」

「なぜ、そう思える」

「あいつがいいやつだからだよ。だからアスラン様も一目で懐いた。リートもミレーネもジルも、エウロパ殿だってそうだ。あいつといると和むんだ。他の料理人たちともうまくやってるし、名は体を表すってのはほんとうだな」

――ギルニスさん……。

自分がここに馴染もうと努めていたのを彼は見ていてくれたのだ。そんな幼馴染みの勢いに圧倒されたのか、オルデリクスもやがて神妙な顔で頷いた。

「そう…、だな。そうかもしれん。……見ず知らずの国で、自分の居場所を作った男だ。それにアスランの偏食も治してみせた。大したものだ」

「わかってんなら少しは褒めろよ！」

ギルニスが大きな声で笑う。オルデリクスの表情も幾分おだやかだ。それを少し離れたところで見つめながら、先ほどまでとは違う胸の高鳴りに紬は息を詰まらせた。

——オルデリクス様が、褒めてくれた。

あんなひどいことを言ったのに。絶対に嫌われたと思っていたのに。

——大したものだ。

彼の言葉を噛み締める。それだけで胸がトクンと鳴る。ぶっきらぼうな一言だけれど、だからこそうれしかった。あの無骨な人が自分のために選んでくれた、そのたった一言がうれしかった。

西日を受けてオルデリクスの長い髪が金の海原のように輝いている。百獣の王たる証だ。目尻から漂う男らしい色香に当てられ、一息ごとに胸の鼓動が高まっていく。

——あんな人が、ぼくを認めてくれたんだ……。

うれしい気持ちは心の解像度まで上げるのか、オルデリクスのなにげない仕草が、ささやかな表情の変化が、今はじめて見たかのように目に飛びこんでくる。

けれど、続く彼の冷静な言葉にたちまち現実に引き戻された。

「あれが人間でなければな……。いつ戦いが起こるともしれないこの状況下、自分の身を自分で守ることができない生きものは致命的だ」

「護衛をつけるか？」

「使用人にか。それこそ城内の規律を乱す」

正論にギルニスがため息をつく。

「城に匿《かくま》うのもなかなか難しいもんだな。かと言って追い出すわけにもいかないだろう。どうする。俺がつくか」

「おまえにいくつ仕事を任せていると思っている。先ほど職権乱用と言ったろう」

「だったらどうするつもりだ」

「俺がなんとかする」

「それこそ無茶だろ。わかってんのかよ」

ギルニスは顔を顰めたが、オルデリクスに譲るつもりはないようだ。気心の知れたもの同士の会話とはいえ、口論になりかけているのを察して紬は柱の陰で身を強張らせた。

——そう、か……。

自分は、ここにいるだけで彼らに面倒をかけてしまう存在なのだ。

せめて自分に護身術の心得でもあれば良かったのに、食事を作る以外なにもできない。平時でさえそうなのだから、一大事ともなればきっとお荷物でしかなくなる。人間の自分はやはり獣人の国にはそぐわないのだ……。

どれくらいそうして考えこんでいただろう。

仕事に戻るのか、オルデリクスたちが歩き出した。すぐ横を通る瞬間こそヒヤッとしたものの、ふたりは紬には気づかずそのまま立ち去っていく。

その後ろ姿が見えなくなるまで見送って、紬は自己嫌悪に唇を噛んだ。

「ぼく……なんにも、わかってなかった……」

人間が獣人の国で暮らすというのがどういうことか。この情勢下でどんな影響を及ぼすものか。いつかわかり合える日が来ればと簡単に考えていた己の浅慮《せんりょ》に恥じ入るばかりだ。

このままではお荷物になってしまう。亡き兄の遺志を継いでこの国を守ると誓ったオルデリクスの足を引っ張ることだけはしたくない。

「………帰ろう。もとの世界に」

方法はまだわからないけれど、城の外で聞いて回れば知っている人もいるかもしれない。少なくともここでじっとしているよりは望みにつながるはずだ。

覚悟を決めると、紬はすぐにオルデリクスの後を追った。執務室の侍従から彼が私室にいると教わり、主塔の階段を駆け上がる。

息を弾ませながらノックの応えを待ってドアを開けると、そこにはオルデリクスとエウロパがいた。こみ入った話でもしていたのか、ふたりの表情はいつになく硬い。

「お…、お話し中に申し訳ありませんでした。出直してきます」

すぐさま回れ右をして帰ろうとしたところで「待て」と低く呼び止められた。

「なんの用だ。少しなら融通してやる。話せ」

「え？　あ……」

これまでにない反応に驚いたのは紬だけではないようで、エウロパも目を瞠っている。

それでもせっかくもらえたチャンスを無駄にしてはいけないと、紬はエウロパに目礼し、まっすぐオルデリクスの前に進み出た。

「オルデリクス様にお願いがあって来ました。……記憶を取り戻す方法を教えてください。もとの世界に帰りたいのです」

「ツムギ様」

エウロパが目を瞠る。

オルデリクスは老従のように表情こそ変えなかったものの、琥珀色の目を閃かせて強い眼差しで理由を問うた。紬自らここに居場所を作っておきながら、なにを勝手なことをと思っているのかもしれない。彼からすればもっともだ。

「急にこんなお願いをして申し訳ありません。でも、それが一番いいことだと思うんです」

「どういう意味だ。なにが不満だ」

凄みのある声で問われ、紬はぶんぶんと首をふった。

「不満なんてありません。お城の皆さんにはとても良くしていただきました。それなのにぼくはご迷惑をおかけするばかりで、オルデリクス様にもご不快な思いをさせてしまって、ほんとうに申し訳なく思っています」

だからもうこれ以上、面倒をかけるようなことがあってはならない。

「ぼくは人間です。皆さんのように獣化することはできません。戦うことも、守ることも、役に立つことも、なにひとつ……。そんなぼくがここにいてはいけないんです」

一息に告げる紬をじっと見つめていたオルデリクスは、ややあって真意を見透かすように目を眇めた。

「誰になにを言われた。唐突に思い立ったとは思えんが」

紬はビクリと身を竦め、目を伏せる。

「ダスティンらの言葉に耳を貸そうというのではあるまいな」

「い、いいえ」

「ならばなぜだ。俺には散々もの申しておきながら、それが聞き届けられぬと見るや出ていくというわけか。それでは権威に擦り寄る連中が手のひらを返すのと同じではないか。おまえは違うのだろう？　ひとりの男として俺と話をするのではなかったのか」

核心を突かれて言葉に詰まる。

けれど、押し黙った紬を見てオルデリクスはさらに語気を強めた。

「それとも、おまえは偽《いつわ》りを語ったのか。その程度のものだったのか」

「違います！」

「ならば、それを身をもって証明してみせろ。代わりに願いを聞き届けてやってもいい。記憶を取り戻したいのだろう？」

紬が驚きに顔を上げるより早く、エウロパが焦《あせ》ったように「陛下」と割って入ってくる。

「なにをおっしゃるのですか。記憶を取り戻すなどと……」

「俺に考えがある。長年燻《くすぶ》っていた問題もついでに片づけてやる」

オルデリクスは金細工の施された豪奢なソファから立ち上がると、ゆっくりとこちらに近づいてきた。

「おまえがひとりの男として俺と話をすると言うなら、俺もひとりの男として向き合おう。この国にいるからといって戦いに参加しろとは言わん。おまえが自分で身を守れないこともわかっている。だから俺が守ってやる。ここにいる間は、必ずだ」

オルデリクスは一度言葉を切り、射貫くようにまっすぐに告げる。

「俺の花嫁になれ。そうすればすべてうまくいく」

「…………え？」

驚きのあまり声が掠れた。心臓は警鐘を鳴らすようにドクドクと早鐘を打ちはじめる。

頭の中が真っ白になり、オルデリクスの言葉がぐるぐると回った。

——俺が守ってやる。俺の花嫁になれ。

それはどういうことだろう。そしてどういう意味だろう。

動揺でなにも言えなくなった紬に代わり、エウロパがオルデリクスに詰め寄った。

「陛下、なにをおっしゃいます。ツムギ様は男性ではありませんか」

「だからどうした」

「どうしたもこうしたもございません」

「しつこく縁談を勧めてきたのはどこの誰だ。そんなものは必要ないと何度突っぱねても聞きもせず……。ようやくおまえの念願が叶うのだ。なにが不服だ」

「不服でございます。これが不服でなくてなんでしょう。ツムギ様が心やさしい方であることはよくよく存じております。ですが、それとこれとは……」

「地位や財産目当ての女などもううたくさんだ。自分のことは自分で決める」

きっぱり言いきると、オルデリクスはあらためて紬に向き直った。

「おまえはそんなやつらとは違うと言った。ならばこれからひと月の間に俺を納得させてみろ。その間はおまえを俺の許嫁《いいなずけ》として扱う。伴侶を守るのは夫の務め、俺も既成事実ができて一石二鳥だ。どうだ。悪い話ではないだろう」

「え、っと……」

結婚なんて考えたこともなければ、誰かに心を奪われたこともない。それでも、そんな紬でも、生涯を添い遂げるということの意味ぐらいわかるつもりだ。

考えていることが顔に出ていたのか、オルデリクスが小さく自嘲した。

「大恋愛の末に結ばれるものだと夢を見ているなら生憎だが、王族の結婚は所詮政治だ」

「ほんとうにいいんですか。国王陛下として、たとえそうするのが正しいのだとしても、オルデリクス様ご自身は好きな人と結婚せずに後悔したりしませんか」

王である前にひとりの男だ。

そう言うと、オルデリクスはなぜか苦笑を浮かべた。

「――しあわせになってはいけないなどと誰も言ってはいない、か……。だが、俺には土台無理な話だ。心などとうにないのだから」

その言葉にはっとする。

けれど紬がなにか言うより早く、オルデリクスは「取り引きだ」と詰め寄ってきた。

「応じると約束するならロズロサをやろう。もう一度口にすれば記憶は戻る。このことを知っているのは王と側近たちだけだ」

心に深い傷を負い、生きる気力を失ったものはロズロサの助けを借りることが許されている。だが再び口にすると記憶が甦《よみがえ》ってしまうことから、与えられるのは生涯一度と決められていた。そのロズロサを代々管理するのも王家の役目なのだそうだ。

「これまで、二度口にした人はいるんですか」

オルデリクスがチラとエウロパの方を見る。話してやれとの命令を受けて、エウロパは「あくまで教訓上のお話でございますよ」と前置きし、ゆっくりと話しはじめた――。

昔々この国に、辛い記憶を解放してしあわせに暮らしている男がいた。

だが彼は、何年もおだやかに暮らすうちに自分が手放した記憶がどんなものだったのか気になってしかたがなくなった。見てはいけないと言われると途端に見たくなるように、辛いとわかっていても男は記憶を覗き見たくなった。嘘をついてロズロサを与えてもらい、彼は記憶を取り戻した。

だが、結果はひどいものだった。

男が取り戻したのは、当時正気を失うには充分な過去だったからだ。親友だと思っていた相手に手酷く裏切られ、最愛の妻を横取りされた挙げ句、自殺を装《よそお》って橋から投げ落とされるというものだった。

川に落ちた男は辛《かろ》うじて一命を取り留めたものの、心身ともにボロボロで、流れ着いた先で死だけを待った。その時に助けてくれた村人からロズロサのことを聞き、新しい人生を歩むために藁《わら》にも縋る思いで記憶を手放したのだった。

当時の絶望が甦った男は悔しさと苦しさに発狂し、こんな記憶は二度とごめんだと再び手放すことを決意した。またしても人を欺《だま》してロズロサを手に入れた男は、禁じられていると知りながらそれを食べた。

そして、世にも怖ろしいことが起こる。

三度目にこの世から消えるのは、他者の中にある自分の記憶だったのだ。一度目で男が親友や妻を忘れたように、今度は親友や妻が男を忘れた。男は絶望を抱えたままかつての縁者《えんじゃ》からも忘れられ、孤独のうちに死ぬしかなかった。

「ロズロサは非常に強い力を持つものでございます。そのため、与えることができるのは王族のみと決められております」

エウロパがそう締め括ったのを受けて、オルデリクスがひとつ頷く。

「その王である俺がいいと言っているんだ。異論はあるまい」

「はい……ですが……」

エウロパは苦渋の表情で頭を垂れた。無理もない。オルデリクスのためを思って勧めてきた縁談をこんな形で断られることになるとは思いもしなかっただろう。

自分だってそうだ。これから先、たとえひと月だけのことだったとしても、許嫁として扱われるということに抵抗を覚えないわけがない。

それでも、これしかないのだ。

ロズロサで失ったものは、ロズロサでしか取り戻せない。それを与えられるのがオルデリクスならば彼の条件を呑むしかない。

「…………わかり、ました」

紬の承諾を受けて、オルデリクスはエウロパに退出を命じた。

ふたりきりになった室内の空気が一気に濃密さを増す。

「おまえを許嫁にしたと知ればゲルヘムの連中は驚くだろう。人間の男を伴侶にするなどローゼンリヒトの王は気でも触れたかと油断するに違いない。川を渡って攻めこんでくるなら好都合だ。今度こそ一気にカタをつけてやる」

「戦いになるんですか」

不安が顔を過ぎったのを見たか、オルデリクスは「案ずるな」と低く答えた。

「城には決して入れさせない。言ったろう、俺が守ると」

「オルデリクス様……」

まるで大切なもののように扱われ、落ち着かない気分になる。ウロウロと視線を彷徨わせていると、顎《おとがい》を掴んで上向かされた。

「顔をよく見せろ」

もう片方の手で腰を引き寄せられ、すわ殴られるのかと目を瞑る。

だがいつまで経っても衝撃は訪れず、代わりにからかうような声が降った。

「キスでもしてほしいのか」

「え?」

「目を閉じたのはおまえの方だぞ。閨《ねや》では案外従順なタイプか」

「な、……なっ……!」

ようやくのことで意味を理解した紬はぶんぶんと首をふった。顔が熱くなるのが自分でもわかる。

「こうして見ると顔立ちは悪くない方だ。勇《いさ》ましさはないが、その分征服欲をそそる」

「うれしくないです。そんなの」

「言っておくが、獣化しない生きものはこの国では半人前だ。人間が城の外になど出ていってみろ。たちまち見世物になって殺される」

「え？　あ……」

——だから……？

国王自らが使用人を守る大義名分のためだけでなく、紬が城の外に出ないようにあえて「花嫁になれ」だなんて言ったのだろうか。

オルデリクスがサイドボードの引き出しからなにかを取り出す。精緻な細工が施されたビロードの小箱だ。蓋を開けると桃色の砂糖菓子が入っていた。

「ロズロサだ」

紬にとって、失った記憶を取り戻すための鍵のような存在だ。無意識のうちにごくりと喉を鳴らすと、オルデリクスの眼差しにいっそうの熱が籠もった。

「俺との約束を違《たが》えれば命はない。それだけは覚えておけ」

「わかりました」

「契約成立だ」

オルデリクスが目を眇めながらロズロサを咥える。肩を引き寄せられ、もう片方の手で強引に顎を掴まれた。間近に迫る彼の唇に息を呑んだのも束の間、あ…、と思った時にはもう唇を塞がれていた。

――う、嘘……でしょう……？

信じられない出来事に頭の中が真っ白になる。生まれてはじめて触れた他人の唇は驚くほど熱く、そしてやわらかかった。

息苦しさに悶える紬を唆《そそのか》すように、オルデリクスの舌が下唇を舐めていく。

「んんっ」

ぬるりとした感触に驚いてとっさに身体を離そうとした紬は、すぐさま力強い腕に引き戻された。下唇を甘噛みされ、歯を立てられたところからジンとした疼きが広がっていく。

たまらず口を開いたところを見計らってなにかがグイと押しこまれた。ロズロサだ。

条件反射で飲みこむと、それを待っていたかのように肉厚の舌が潜りこんできた。

はじめて触れる他人の舌。こんなにも熱く、凶暴で、そして甘いものだったなんて。

「ふ、…っ、……んぅっ……」

ドキドキと高鳴る心臓は今にも壊れてしまいそうだ。触れられたところからじわじわと広がる熱に浮かされ、溶かされ、為《な》す術《すべ》もないままオルデリクスに縋った。

生きもののように蠢く舌はまだ誰にも触れられたことのない紬の歯列を、口蓋を、そして舌をここぞとばかりに舐め回す。自分のものだと宣言するような強引な愛撫はいっそ怖いくらいで、何度も身体を離そうとしたものの彼の腕はビクともしなかった。

「逃げるな」

唇の隙間から低い声で戒められる。

「オル、デ……リクス、さま……」

息も絶え絶えに名を呼ぶと、なぜか彼は顔を顰めた。

だがそれも一瞬のことで、たちまち眼差しには熱が籠もる。

「そんな目で俺を見るとどうなるか、教えてやらなければならないようだ」

「え……？　あ…、んっ……」

再び唇を重ねられ、今度は大胆に舌で口内をかき混ぜられる。そのたびに、くちゅっ、くちゅっという水音が部屋に響いた。恥ずかしさといたたまれなさで逃げ出そうとしてもそうはいかない。縮こまっていた舌を探られ、絡まされ、さらにはきつく吸い上げられて、じっとりと重たい疼きが身体中に広がっていった。

「ん、……ん、っ……」

もうどこにも力が入らない。全身が熱を帯び、痺れたように小刻《こきざ》みにふるえている。

意識さえ朦朧《もうろう》としはじめた頃、ようやくのことでオルデリクスの身体が離れていった。

自分でも気づかないうちに目で彼の唇を追いかける。じっと見つめていたせいだろうか、またも唇を塞がれた。

「おまえのそれは無意識か」

「……え……？」

どういう意味だろう。頭がぼおっとしているせいでよくわからない。

「あの……どうして、キ、キス…、なんて……」

「おまえが目を閉じたからだ」

「そんな…、はじめてだったのに……」

「どうりで下手なわけだ。おまえひとりが愉《たの》しんで終わりとは許せんな」

「ぼくは愉しんでなんか」

「これだけ腰砕けになっておいてか」

もったいぶった手つきで腰を撫でられ、思わず「あ…っ」と声が出る。悪戯《いたずら》な手はそのまま背中から肩甲骨《けんこうこつ》の間を通って首筋へと這い上がり、襟足をくしゃりとかき混ぜた。

「んっ」

やさしくも強引な手つきにビクビクと身体がふるえる。止めたくとも止まらない。彼に全身を支配されてしまったかのように触れられるだけで力が抜けた。

「快楽には素直な質か。仕込み甲斐がある」

頬にくちづけられ、そのまま耳朶に舌を這わされる。

「ツムギ……」

はじめて名を呼ばれた、その時だ。

「あ――」

ドクン、という衝撃が走る。

身体の奥でなにかが弾け、霧が晴れるように目の前がクリアになっていく。するとどうだろう。これまで忘れていたものたちが次から次へと思い出された。

「お…、おばあちゃん……」

脳裏に懐かしい顔が過ぎる。あれは自分をかわいがってくれた祖母の笑顔だ。

「お父さんに、お母さんも……」

ふたりともうれしそうに目を細めてこちらを見ている。

ロズロサだ。ロズロサのおかげで記憶が戻ったのだ。

「良かった………」

しみじみと安堵した紬だったが、懐かしい我が家を思い浮かべた途端、はっとした。

「そういえば、あの家……もうすぐ取り壊すんだった」

老朽化に加え、祖母も亡くなった今、維持費だけでも馬鹿にならない。

だから取り壊して、二束三文《にそくさんもん》でも土地を売ってしまった方が遺産分配もしやすいと親戚たちが決めたのだ。だから紬も遺った荷物を整理して、新しいアパートを借りなくてはと思っていたところだった。

「どうしよう。位牌《いはい》や仏壇、移さなきゃいけないのに……荷物の整理も終わってないのに……今日は何日？　家が壊されるまであとどれくらい⁉」

半ばパニックになりかけた紬は、さらなる怖ろしい現実に気づいて動きを止めた。

「……牧野さん……」

尊敬するフードコーディネーターの顔が浮かんだ瞬間、ざあっと血の気が引く。やりかけた仕事の数々を思い出して目の前が真っ暗になった。

あの撮影の翌日、打ち合わせの予定があった。レシピブックを出してくれる編集部にも顔を出す約束だったし、新しく一緒に仕事をする担当者とも顔合わせをする約束だった。

それらすべてを、黙って休んでしまったことになる。

これまで積み上げてきたものが一瞬で崩れていくのを感じ、紬は呆然と目を見開いた。

料理研究家としての自分があるのは彼らのおかげだ。それなのに、恩を仇《あだ》で返すとはまさにこのこと。一方的に連絡を断つようなことをしてしまったのだから。

「ぼくは……なんてことを……」

両手に顔を埋める。いくら不可抗力だったとはいえ、ある日目が覚めたら知らない世界に来ていただなんて誰が信じてくれるだろう。よしんば信じてもらえたとしても、仕事を放棄した事実は消えない。まさにこれからという時だったのに――――。

「おい」

唐突に現実に引き戻される。

顔を上げると、オルデリクスが不機嫌さを隠しもせずにこちらを睨んでいた。

「記憶が戻った途端にこうか。俺の前で余所事《よそごと》を考えるとはいい度胸《どきょう》だ」

「すみません。でも、ぼく大変なことをしてしまって……それに気づいて、それで……」

「おまえが望んで戻した記憶だ。受け止めろ」

そのとおりだ。自分で望んだ。ただ、皆に誠心誠意謝りたいだけだ。

ふらふらとドアに向かって歩き出した紬だったが、いくらも行かないうちにオルデリクスに引き戻された。

「どこへ行く」

「家に帰ります」

「ここがおまえの家だ。今日からは俺の私室で暮らしてもらう」

「そんな……、お願いです。おばあちゃんの家が壊されてしまうんです。それに仕事も」

「契約を反故《ほご》にする気か」

凄みのある声で一蹴される。

「ロズロサを与える時に取り決めたな。おまえの記憶を戻す代わりに俺のものになると」

ひと月の間、彼の花嫁になると誓った。決して城の外に出ないと決めた。

その代わりオルデリクスは記憶を戻し、紬を守ると約束してくれたのだ。

——あと一ヶ月……。

その間、ここでじっとしていなければならない。期限があけた頃にはもうすべてが取り返しのつかないことになっているだろう。

「来い」

打ち拉《ひし》がれる紬を、オルデリクスは構わずに奥の寝室へ連れていく。中央には大きな天蓋つきの寝台が設《しつら》えられていた。

「わっ」

強引に腕を引かれ、ベッド目がけて放られる。幸いなことにマットはスプリングがよく効いていて、幾重にも重ねられたシーツやブランケットが紬の華奢な身体をやさしく受け止めてくれた。

だが体勢を立て直す間もなく、オルデリクスがのしかかってくる。

「この俺から逃げるつもりか。そんなことを許すとでも思うのか」

「や…」

とっさに身体を捻ろうとしたものの両手を掴まれ、顔の脇に固定するように戒められて、真上から鋭い視線に晒された。裏切りは許さないと睨めつけてくる眼差しに紬は身をふるわせるばかりだ。

「逃げ出そうとした罰だ。おまえが誰のものなのか、身体に言い聞かせてやる」

力尽くでサッシュを外される。ブラウスを捲られ、下履《したば》きを足で蹴り下ろされて、紬はあっという間に生まれたままの姿に剥かれた。

「な、なにをするんです！　ぼくは男です」

「だからどうした。俺の許嫁になったのはおまえだろう」

「でもそれは既成事実のためだって」

「それで済まなくさせたのはおまえだ」

きっぱりと言いきられ、焦りで心臓がドクドクと高鳴る。

「お願いです。一ヶ月の間、ずっとおとなしくしていますから」

「そんな口約束を信用できると思うのか」

「ん、ぅっ……」

噛みつくように唇を塞がれ、怯《ひる》んだ隙にすかさず舌をねじこまれた。

さっきとはまるで違う、嵐のようなキスだ。全身でのしかかられ、すべては自分のものだと主張するように口内を掻き回される。身動きもできず、息継ぎすらままならない中、それでも絶妙な箇所を擦られるたびに身体は貪欲に快楽の種を拾った。

「や、っ……ん、ふ……、んっ……」

くちゅっ、ぬちゅっと音を立ててかき混ぜられ、かと思うと喉奥まで舌を差しこまれ、嘔吐《えず》いたところを強く吸われる。強引で容赦のないくちづけは身体の奥にこれまで感じたことのないような妖しい熱を生みつつあった。

「は…、あ……っ……」

もったりと重たい熱が下腹に溜まり、蜷局《とぐろ》を巻く。ジクジクとした疼きがやがて心臓の鼓動とも重なっていく。

膝立ちになったオルデリクスが着ているものを脱ぎ、床の上へ落としはじめた。鍛えられた褐色の上半身が現れる。逞しく盛り上がった胸筋から引き締まったウエスト、そして六つに割れた腹筋へと続く彫刻のようなフォルムに目を奪われたのも束の間、身体を反転させられ、俯せのまま尻だけを高く持ち上げられた。

「やっ…」

「逃げるな」

後ろから覆い被さってきたオルデリクスに両側から腰を押さえこまれる。

「これからおまえを俺のものにする。抵抗すると痛みが増すだけだ。おとなしくしておけ」

「う、うそ……待って、待ってください」

必死の制止もお構いなしに、オルデリクスは片腕で紬を拘束したまま、もう片方の手を伸ばしてサイドテーブルからなにか取り出したようだ。蓋を開ける音がしたかと思うと、次の瞬間、尻の狭間に冷たいものが伝い落ちた。

「ひゃうっ」

「こら。暴れるな」

「なに、やだ…、やめっ……」

「暴れるなと言っただろう。おまえのためにしているんだ」

這って逃げようとしたものの、腹に腕を回され制される。そのままのしかかるようにしてオルデリクスが耳元に口を寄せてきた。

「男同士はどうやるか、知っているか」

低い声に身体がぞくりとふるえる。首をふると、後ろで含み笑う気配がした。

「ここを使う」

後孔にひたりとなにかが触れる。それが彼の指だとわかった瞬間、顔から火が出そうなほどの猛烈な羞恥心に襲われた。

「やっ、やめてください。そんなところ触らないで」

「ここで俺を受け入れるんだ。獣人のセックスは一晩中続く。おまえがどれだけ耐えられるか試してやる」

「うそ、うそ…、やだ、やめ……あ、ぁっ……」

硬く閉ざす蕾に指が突き立てられ、先ほど注がれた液体のぬめりを借りてぬうっと中に挿ってくる。猛烈な違和感の元凶を追い出そうとたちまち全身が強張った。

「力を抜け」

「そんな、の…、できな……」

問答している間にも節くれ立った指は容赦なく隘路《あいろ》を探る。自分でも触れたことのない場所を探られるだけでも怖いのに、他者が身体の中に挿ってくるという生まれてはじめての感覚に、紬は懸命に首をふりながら「やめてください」をくり返した。

けれどオルデリクスは聞く耳を持たず、水音を響かせながら紬の中を拓いていく。時折侵入を止めては、なにかを探すように指を曲げて内壁を擦った。

「あぁっ」

唐突に、感電したのかと思うほど強いなにかが内側で弾ける。

「なるほど。ここか」

「あ、あ、……や、ぁっ……」

二度、三度と立て続けに押され、無理やり高みに引き上げられそうになったところで、なぜかオルデリクスは指を抜いてしまった。

中途半端に放り出された身体が熱を帯びてジクジクと疼く。それでもこれで終わりかと安堵していると、戦慄《わなな》く後孔を指で左右に広げられ、中にも冷たいものを注ぎこまれた。

「やっ、なに……や、だっ……」

「媚薬《びやく》入りの香油《こうゆ》だ」

「どうして、そんな、の……」

「おまえの夫を誘って悦ばせろ」

「な、ん……、あぁっ……」

二本に増えた指を挿しこまれたかと思うと、反対の手を前に伸ばされ、硬く兆《きざ》していた芯を根元から一気に扱《しご》き上げられて、紬はたまらず嬌声《きょうせい》を上げた。

しかたなく行う自慰《じい》とはまったく違う。快楽の沼に引きずりこむような巧みな手淫《しゅいん》に耐えられるはずもなく、抵抗さえできないまま紬はあっという間に上り詰めた。

「あああっ……」

ビクビクと激しく身体をふるわせながらオルデリクスの手の中で蜜を吐き出す。筋肉の収縮によって後孔に呑みこんでいた指を食い締めてしまい、それがまたいい箇所を抉って第二、第三の波を煽った。

「あ、あ、……んっ、あ……」

最後の一滴まで搾《しぼ》り取るように何度も扱かれ、くり返し吐精させられた紬は、腰だけを高く上げた格好のままぐったりとシーツに倒れこんだ。

下腹のあたりが重怠《おもだる》く、痺れたように動けない。

それなのに熱は蟠《わだかま》ったまま収まるような気配もない。

「だいぶ良さそうだ」

呟きの意味に頭を巡らせるより早く、ゆっくりと指が引き抜かれる。支えを失って崩れ落ちそうになった身体はまたも彼の腕で支えられ、足をさらに左右に開かされた。

「これでおまえは俺のものになる。俺の味をしっかり覚えろ」

「あ……」

指とは違う、熱く脈打つものを後孔に押し当てられる。逃げなければと思うのに身体は言うことを聞かないばかりか、激しく収縮をくり返して彼を迎え入れようとしてしまう。

「さぁ、受け取るがいい。おまえの夫だ」

「あ……、あぁっ――――」

双丘の狭間、突き入れられた瞬間に息が止まった。蕾《つぼみ》を限界まで押し広げ、さらにミシミシと軋ませながら彼自身が挿ってくる。大きく張り出した先端を飲みこんだ後は一気に奥まで突き入れられ、ほんの数秒意識が飛んだ。

痛くて、苦しくて、頭がおかしくなりそうだ。それなのに、抽挿《ちゅうそう》が少しずつ激しさを増すにつれ、得も言われぬ感覚が迫り上がってくる。

「あ…、はぁっ……は、……っ」

先ほど達したばかりだというのに自身は再び勃ち上がり、先端から雫をこぼしている。花芯はまるで箍《たが》が外れてしまったかのように間もなく次の波を極《きわ》めようとしていた。

こんなのは知らない。こんなのは自分じゃない。そう思うのに、彼に突き入れられるたびに自分が内側から変えられていく。

「……っ、……は、っ……」

ふたりの荒い息遣いだけが部屋に響く。熱に浮かされたようにオルデリクスは腰を進め、心だけが置き去りのまま紬の身体はそれを歓喜とともに受け入れた。

「おまえの中に注いでやる。受け止めろ」

オルデリクスはそう言うなり、紬の腰を抱え直し、これ以上ないほど深くまで楔をねじこんでくる。

「あぁっ、……あ――」

頭が真っ白になるほどの強烈な波に攫われた瞬間、紬は触れられないまま高みを極めた。

「くっ……」

オルデリクスも紬の中で精を放つ。大量に注ぎこまれる彼の精液で内側から濡らされ、いっぱいにされて、そのはじめての感覚に紬はまたも達してしまった。

「はぁっ……、は、っ……はぁっ………」

全力疾走した後のように疲れきっていて、もう指一本も動かせない。

そんな紬を追い立てるようにオルデリクスが細い肩に歯を立てた。

「これで終わったと思うなよ」

「……え？」

「言ったろう。おまえがどれだけ耐えられるか試してやると」

「う、うそ……やっ…、だめ……」

再びゆるゆると抜き差しされ、オルデリクスの放ったものでやわらかく潤ったそこが次の快感に蠕動《ぜんどう》する。

「無理……無理です、……あっ、もう……」

「獅子の交尾が一晩に何度行われるか知っているか。……二百回だ。今夜は徹底的に喰らい尽くしてやる。俺から離れられなくなるようにな」

言うが早いか、オルデリクスはギリギリまで自身を抜き、再び奥まで突き入れてきた。

「ああっ」

ぐちゅんと音を立てて白濁《はくだく》があふれ出し、白い太股を伝い落ちる。それを二度、三度とくり返されるうちに鎮まりかけていた身体はいともたやすく熱を上げた。

「わかるか。俺を食い締めてくる。従順な顔をしておきながら閨の中では別人だな」

「それは……あなた、が……、あっ……」

「媚薬などと本気にしたのか。ただの香油かもしれんぞ」

含み笑いとともに弱いところを立て続けに穿たれ、声にならない声を上げる。

そんな紬を陥落せんとばかりに後ろから大きな手が伸びてきた。

「だ、だめ……触らないで、っ……」

再び後ろから自身を握られ、先端の孔を親指の腹でぐりぐりと捏《こ》ねられて紬は身も世もなく身悶える。けれど達する直前に手が離れてしまい、もどかしさに腰を揺らした瞬間、見計らったかのようにズンと熱塊を突き入れられた。

「あ――」

衝撃に押し出されるようにして自身から勢いよく蜜が噴き出す。

「くそっ……。引き摺られるものか」

低く呻いたオルデリクスは、なにかに抗うようにさらに抽挿を激しくしながら再び紬の右肩に歯を立てた。このまま喰らってやると言われているようで、怖ろしさと愉悦の渦に心は千々に乱れてゆく。

いつ終わるとも知れない交合に頭の中が真っ白になる。なにも考えられなくなる。

「――、……っ」

無音の叫びを上げながら、紬は意識を手放していった。


翌日、オルデリクスのベッドで目を覚ました紬は、眠っている相手を起こさないように軋む身体に鞭打って自らの部屋へと駆け戻った。

風呂の用意も待てず、盥《たらい》で行水した後は朝食も断ってベッドに倒れこむ。介添《かいぞ》えをしてくれたリートは紬の肩にただならぬ噛み跡を見つけてすべてを察したのか、詮索することなく仕事を休めるよう計らってくれた。

枕に頭を埋めた途端、昨夜の情事が脳内を巡る。

――あんなことになるなんて……。

思い出しただけで身体の奥がヒクンと疼く。まだそこにオルデリクスの熱塊《ねっかい》が埋めこまれているのではと思うほど後孔は熱く腫《は》れていた。

――どうして、あんなことを……。

決して逃げるつもりじゃなかった。あの時はただ、取り戻したばかりの記憶に混乱していただけなのに。

「……」

牧野の顔が思い浮かぶ。今頃どうしているだろう。新しい仕事先の担当者もどう思っているだろう。無力感に打ちのめされながらそんなことを考えていた時だ。

にわかに外が騒がしくなったかと思うとドアが開き、ギルニスが入ってきた。

「おい、ツムギ。大変だ。オルデリクスがおまえを許嫁にすると言い出した」

「……！」

「まったく急な話にもほどがある。焚きつけたのは確かに俺だが、いくらなんでも一足飛びすぎるだろう」

近づいてきた彼は、だが紬が驚かないのを見るや、はっとしたように足を止めた。

「……どうした。なにがあった」

　有無を言わせぬ強い口調はオルデリクスに良く似ている。それでも自分の口から説明することはどうしてもできず、紬は力なく首をふった。

「そうか。話したくないなら無理には聞かない。だが、俺で力になれることがあるなら遠慮なく言えよ。もちろんリートにも、エウロパ殿にもだ。困った時はお互い様だからな」

　力強く頷いてみせたギルニスは、侍従の顔に戻るなり世話係に向き直った。

「というわけで経緯のほどは定《さだ》かじゃないが、陛下がツムギを許嫁にすると宣言された。これから忙しくなるぞ。万全を期して臨んでくれ」

「は、はい」

「その都度エウロパ殿に相談しろ。おそらく準備のために国中のお針子を集めることになる」

　どういうことだろう。リートも思い当たることはないのか、きょとんとしたままだ。

　そんなふたりとは対照的に従者に耳打ちされたギルニスは、仕事に戻ると言って慌ただしく帰っていった。

「陛下が、ツムギ様を……」

　ぽつりと洩れたリートの呟きに、あらためてこれが現実なのだと思い知らされる。外堀が埋められ、あらゆることが目まぐるしく動いていく。

その中にあって気持ちだけが追いつかない。

言い表しようのない不安に紬は胸がざわつくのを感じていた。


それからというもの、城内は寝静まる間もないほどの慌ただしさに包まれた。

国王の結婚は戴冠式《たいかんしき》と並びローゼンリヒトにとって最も重要な儀式のひとつで、通常は何年も前から準備を進めていくものだという。

そもそも王族の婚姻自体、他国との結びつきを強めるための政略結婚が主だ。生まれた時から許嫁が決まっていることも珍しくないそうで、こんな急転直下な決定は前例がないと皆口を揃えた。すでにオルデリクスの両親が亡くなっているからこそできた荒技だろう。

「ダスティン様は毎日のように陛下のもとに通っては『お考え直しください』と嘆願されているそうですよ。王妃となったツムギ様に意地悪の仕返しでもされると思っているんでしょうかね。ツムギ様がそんなことするわけないのに」

リートが大量の布を次々と紬の胸に宛がいながら城内の様子を教えてくれる。

対する紬は仮縫いの衣装を着たり脱いだりと着せ替え人形のようになっていた。

ギルニスの言ったとおり、翌日には国中に御触れが出され、仕立て屋と大勢のお針子が城に呼ばれた。諸外国に婚姻を認めてもらうにあたり、まずは正式に婚約したことを知らしめる宣言式が行われる。それに向け、衣装作りが急ピッチで進められているのだった。

なにせ、式まであと二日。

オルデリクスが紬を許嫁にすると宣言してからわずか十日後という異例のスピードに、特に保守派の連中は声を大にして反対したが、オルデリクスは頑《がん》として譲らなかった。

城内のものも、呼び集められた仕立て屋やお針子たちも皆、紬が男性だとわかった上で当たり前のように国王の婚約内定者として扱った。オルデリクスが白と言えば黒いものも白くなるのだ。あらためて国王の絶対的な力を見た思いがした。

「ツムギ様は色が白いから、黒い衣装が映《は》えますね」

仮縫いの衣装を纏った紬に、リートが眩しいものを見るように目を細める。

紬は黒いドレスを見下ろしながらその違和感に首を傾げた。

「あの……今さらこんなこと訊くのも変だけど、ほんとうに黒でいいの？」

「え？」

「こういうのって、なんとなく白なのかなって……」

テレビで見た花嫁はいつも純白のウエディングドレスを纏っていたし、白は「あなたの色に染まります」という意味だと聞いたこともある。

そう言うと、リートは「だから黒なんですよ」と自信たっぷりに頷いた。

「結婚の意思がなにものにも覆《くつがえ》らないことを宣言するために着る服ですから。だから他の色に染め替えられない黒の糸を使って衣装を仕立てるんです」

「そう…、なんだ」

意味を知ってしまうと余計に重たい。無謀な契約書にサインをさせられるような気分だ。

紬の着替えに合わせてお針子たちが部屋を出ていく。ついさっきまでコルセットで締められていた肺が大きくふくらむのを感じながら、紬はふうっと息を吐いた。

その時、ちょうど見計らったようなタイミングでトントンとドアがノックされる。

それにしても次から次だ。ドレスの仮縫いと並行して、やれ靴だ、グローブだと小物の品定めも行われているため一息吐く暇もない。

だが紬の予想に反し、やってきたのはアスランとミレーネだった。

「チー！」

「アスラン」

紬の姿を見つけるや、アスランがうれしそうに駆け寄ってくる。膝のあたりにひしっとしがみついたかと思うと、椛《もみじ》のような手を伸ばして抱っこをせがむので、紬は頬をゆるめながらかわいい王子を抱き上げた。

「ちょっと抱っこしない間にまた重くなったね。今日もいい子にしてたかな？」

「してたよ！　えらいよ！」

「そっか。良かった」

「チーも、いいこにしてた？」

「ぼく、は……」

朝から晩まで宣言式の準備に追われ、食事係の仕事さえ他の料理人に任せている。それで良くやっていると言えるだろうかとためらっていると、リートが横から助け船を出してくれた。

「ツムギ様も、アスラン様と同じようにご立派にお役目を果たされていますよ」

「じゃあ、チーにいいこしてあげる」

アスランが小さな手を伸ばしてくる。けれど力の加減がうまくできず叩くようになってしまい、驚いた紬を見てアスランも目を丸くした。

「そーっとですよ。アスラン様」

ミレーネの助言を受け、アスランはそろそろと手を伸ばしてくる。そうして今度は猫の子を撫でるようにそうっと、慎重に紬の髪を撫でた。

「ありがとう。アスラン」

「チーも、してもいいよ？」

　今度は自分の番とばかりに小さな頭を差し出してくる。そのかわいらしい仕草に頬をゆるめながら紬はメッシュ混じりの金髪を何度も指で梳《す》いてやった。

「ふふー」

　大好きな紬に頭を撫でてもらってアスランもご機嫌だ。

　その後は図書室に行くというアスランたちを見送り、休憩にお茶を入れてくるとリートも出ていって、紬はひとり部屋で仮縫いの衣装と向き合った。

　喪服のような決意のドレス。二日後、これを着て自分はオルデリクスの婚約者になる。

　それはつまり、アスランの母代わりになるということでもあるのだ。国民を巻きこみ、諸外国を巻きこみ、あらゆる人々にオルデリクスのものになると宣言する。

「ただの、目眩《めくら》ましなのに……」

　ひと月だけの関係なのに。

　後ろめたさに唇を噛みながら、せめてもの償《つぐな》いのつもりで紬は何度もドレスを撫でた。

宣言式当日の朝。

豪華な衣装を着付けられた紬は、鏡の中の自分を信じられない思いで見つめた。

二十三年間男性として生きてきて、スカートを穿くのもはじめてならドレスを纏うのもはじめてのことだ。せっかく仕立ててもらったものの似合わないだろうと思っていたのに、美しく髪を飾られ、紅を差した姿はまるで別人のようだった。

黒いドレスの胸元は軍服のようになっていて、上半身は身体の線を強調するぴったりとしたデザインだ。袖先は床に着くほど長く垂れ、きつく絞ったウエストからはたっぷりとしたスカートが広がっている。この国の伝統衣装なのだそうだ。

「なんとお美しい……」

エウロパやリートが感嘆の声を上げる。迎えにきた侍従たちも入口で立ち尽くしたきりしばし言葉を失った。

「し…、失礼いたしました。どうぞこちらへ」

我に返った侍従たちに促され、紬は慣れないドレスの裾を摘まみながら大広間へ向かう。歴代の王たちも皆そこで婚約を宣言し、然る後に結婚式を挙げたのだそうだ。

赤い絨毯を踏み締めながら大広間の近くまで来た時だ。

「あ……」

遠くに、オルデリクスの姿が見えた。

あちらも紬に気づいたようで足を止める。見つめ合っていたのはほんの数秒だったのだろうけれど、紬にはそれが一分にも、もっと長いようにも思えた。

――オルデリクス様……。

あんなことがあってからこうして向き合うのははじめてのことだ。それでも毎晩のように夢に出てきたその人は、すぐ後ろに控えていたギルニスになにか伝えて待機させると、こちらに歩み寄ってきた。

黄金の髪を翻し、黒い軍服に身を包んだオルデリクスは神々しいほどの美しさだ。王と崇めるにふさわしい堂々とした風格に圧倒されて言葉も出ない。彼が一歩踏み出すたびにマントがはためき、腰のサーベルをきらめかせる。黒い革のロングブーツが長い足を厭味《いやみ》なほどに引き立たせていた。

歩いている間も、すぐ目の前に立ってからも、オルデリクスは視線を外そうとしない。まっすぐに紬を見つめたままだ。

――この人の、許嫁になるんだ……。

顔が熱くなるのが自分でもわかる。みっともないところを見られまいと俯いたものの、すぐに黒いグローブを嵌めた手で顎を掬われ、上向かされた。

「……驚いた。ほんとうにおまえか。もっとよく見せろ」

吐息が触れそうなほど顔を近づけられ、ドキッとなる。瞬く間にあの夜のことが甦り、オルデリクスの唇から目を逸らせなくなってしまった。

――この唇と、キスをしたんだ……。

頭が朦朧とするくらい何度も何度も貪《むさぼ》られた。思い出しただけでも舌がジンと痺れてしまう。知らずごくりと喉を鳴らす紬に、オルデリクスはなぜか顔を顰めた。

「おまえのそれは無意識か。それとも俺を試しているのか」

「え？」

「おまえは俺の許嫁だ。俺だけに純潔を捧げていろ。それ以外は許さない」

独占欲を隠しもしない眼差しにまたも胸がドクンと高鳴る。

どうしてだろう。力尽くで自分を組み敷いた人なのに。彼と身体をつなげたがために知らない自分を知ってしまった。なにもかもがオルデリクスに造り替えられてしまった。

「おまえは俺だけのものだ。わかったな」

「……はい」

返事を待って、オルデリクスが控えの間に入っていく。後方で待機していたギルニスたちもそれに続いた。紬もエウロパらを伴って部屋に入る。

華やかなファンファーレが鳴り終わると同時に大広間への扉が開いた。

「行くぞ」

オルデリクスにエスコートされ一歩踏み出す。その瞬間、目前に眩《まばゆ》い世界が広がった。

壁や柱、窓枠に至るまで、部屋すべてが豪奢な装飾で覆われている。天井からはシャンデリアがいくつもぶら下がり、大広間に集まった人々をきらびやかに浮き立たせていた。

王が姿を現したことでホールはどよめきに包まれる。緋色の絨毯を進むふたりを一目見ようと、人々は興味津々で身を乗り出した。

彼らのほとんどは紬のことを「余所から来た人間」としか知らないだろう。保守派の連中に至っては「王を誑《たぶら》かした罪人」だと苦々《にがにが》しく思っているかもしれない。ただの人間が獣人の王の婚約者になるなど前代未聞のことだからだ。

「俺が選んだんだ。おまえは堂々としていろ」

後ろめたく思いかけたその時、自分だけに聞こえる声でオルデリクスが耳打ちする。

そんな彼は、紬を伴って王家の紋章が掲げられた壇上へ上がり、一同を眺め回した後で良く通る低い声で告げた。

「我、ローゼンリヒトの王であるオルデリクス・ド・ロベールはここに誓う。いかなる時も国を導き、繁栄のために尽すことを。いかなる時も民《たみ》を守り、安寧《あんねい》のために尽すことを。

ともに国に命を捧げるため、ツムギを伴侶に迎えることとした。我らは国のものであり、国はそなたらのものである。ローゼンリヒトに栄光あれ」

オルデリクスの宣言が終わるや、その場にいたものたちがいっせいに歓声を上げる。

「陛下万歳!」

「ローゼンリヒト王万歳!」

数多の戦いを最前線で制し、常に国を守ってきたオルデリクス。彼の言った『国に命を捧げる』という言葉はまさに有言実行の賜だ。だからこそ人々はあんなにも心酔した顔でオルデリクスを見上げるんだろう。

――尊敬されているんだな……。

そして、信頼されている。オルデリクスも家臣たちを頼りにしているだろう。そこには紬がまだ知らない、確かな絆があるように思えた。

要人たちが次々とお祝いの言葉を述べる間、紬はすぐ横にいる彼に思いを馳せる。

王としては完璧な、けれどひとりの獣人としてはどこか不完全なオルデリクス。亡き兄に代わって国を守るため自ら心を捨てた。誰かに気を許してまた失うくらいなら、辛い思いをするくらいなら、いっそなにも感じないようにしたかったのかもしれない。

その気持ちは紬にもわかる。失うことは苦しいことだ。己の無力さばかりを突きつけられる。両親を亡くし、祖母までも亡くし、天涯孤独となった自分にはもうなくすものすらないけれど――――。

「おまえたちの働きあってのことだ。礼を言う」

オルデリクスの声にはっと我に返る。彼の前に跪く高僧たちは「もったいないお言葉、身に余る光栄でございます」と目を潤ませながら頭を垂れた。

――そうだ。ぼくにはこの人が……。

オルデリクスがいる。今まさに自分を婚約者として迎えようとしているこの人が。この世に縁なんてなくしてしまったはずの自分が、新しいつながりを得ようとしている。これでもう、ひとりぼっちじゃなくなる。

――ひと月の、間だけは。

その事実を思い出した瞬間、ずきん、と胸が痛んだ。強引な取り決めによる契約だったとしても、最初から終わりが決められている関係というのは虚しいものだ。

――こんなことを思うなんて……。

自分で自分の気持ちがわからず、そっと唇を噛む。

視線を感じて顔を上げると、燃えるような瞳が紬を見ていた。

言葉にならないなにかに苛立ち、それでも強靱《きょうじん》な精神力によって自らを抑えているかのようだ。目を合わせているだけでこのまま呑みこまれてしまいそうな気分になる。

「オルデリクス様……」

無意識に名を呼んでいた。それはオルデリクスにしか聞こえないほどの小さな声だったのだけれど、彼は一瞬目を瞠り、それから苦いものを噛み締めるように顔を歪めた。

――え……？

その理由がわからないまま、式の終了とともに強引に控えの間に連れ出される。けれど、ほっと一息吐く間もなくまたもオルデリクスに腕を引かれた。

「来い」

「え？　あっ……」

廊下に引っ張り出されたかと思うと、大きな柱の陰まで連れていかれる。ドレスの裾を踏んでよろめいたところを抱き留められ、そのまま壁に背中を押し当てられた。

まるでどこにもやらないというように、紬の頭の両脇にオルデリクスが手をつく。

「おまえは俺を煽ってばかりだ。試すなと言ったろう」

「そんな、試してなんて……」

「あんな顔で俺を呼んだくせにか」

「それは、オルデリクス様が……あんな目をするから……」

しどろもどろに訴えると、オルデリクスは熱を帯びた目をさらに眇めた。

「くそっ。そういうところが煽っていると言っているんだ」

「え？　あの…、んっ……」

強引に唇を塞がれる。

さらには触れているだけでは足りないと下唇を甘噛みされ、上唇まで舐め上げられて、条件反射で口を開けたところへ熱い舌を差しこまれた。

あの夜のことを思い出し、炎で炙られたように身体が熱くなる。グローブをしたままの手で背を辿られ、そのまま腰へ撫で下ろされて、覚えのある熱が生まれそうになった。

「だ、だめ……」

いつ誰が通るとも知れない場所でこんなことをするなんていけないことだ。

頭ではそうわかっているのに、熱が広がりはじめた身体は止まらない。オルデリクスの口内に引っ張りこまれた舌を扱かれ、吸い上げられて、立っていることさえ難しくなった。

「ん、ふっ……」

逞しい胸に縋りながら、どこまでが自分でどこからが彼か、境界がわからないほど深く混じり合う。もはや呼吸を整える余裕もなく、唇の間からはどちらのものともわからない吐息がひっきりなしにこぼれて落ちた。

――こんな、キスを、するなんて……。

頭の中が真っ白になる。このままグズグズに溶けてしまいそうだ。

熱い吐息を最後に唇がゆっくりと離れていき、名残を追いかけるようにして瞼を開くと、オルデリクスの目には強い情欲の色が浮かんでいた。

ごくりと喉を鳴らした獲物を前に、獣は本能を剥き出しにする。

熱に浮かされたように再び唇が塞がれるのを紬は目を閉じて受け止めた。


宣言式によって王の正式な婚約者となったことを受け、紬の城内での扱いが変わった。

ふたりの教育係が宛がわれ、世話係もリートの他にもうひとりついた。服は絹を用いた豪華なものに替わり、部屋も小さな客間から一足飛びにオルデリクスの私室に移された。

おかげで、毎晩同じベッドで眠っている。

ここにいる間は紬の意志などお構いなしに抱かれるのだろうと覚悟していたが、予想に反してオルデリクスは手を出してこなかった。いつどうなるかとハラハラしていた身としては拍子抜けの感はあるものの、無体を強いられないのはありがたい。

それでも、時々思い出したようにキスをされることがあり、そのたびにオルデリクスは苦しげに眉を寄せた。自分から唇を寄せてきたにもかかわらず、悔やむような顔をするのだ。その行動の意味が紬にはよくわからなかった。

人の心の機微《きび》に疎《うと》いせいで、オルデリクスの思いや意図を自分はうまく拾えずにいる。だからたびたび彼は言うのだろう。俺を試すな、と。

そんなつもりは微塵もないのに、うまくできないことがもどかしい。こんなふうに思う相手はオルデリクスがはじめてだった。これまでは誰に対しても——祖母や父母、仕事仲間や友人にでさえ、相手がなにを考えているのかわからず不安になることも、自分が相手にどう思われているか気に病《や》むこともなかった。

恵まれていたのだ。助けられてばかりだった。

今どうしているだろうと懐かしい顔を思い浮かべ、同時に深いため息をつく。この国に来てもうひと月以上が経っている。消息がわからなくなった紬のことなど誰も気にもしないだろう。寂しいけれどそれが現実だ。せめて大切な人を残してこなくて良かった。

「そう、だよね……」

これが祖母が施設にいた頃だったら、いても立ってもいられなかったと思う。

二日と空けず顔を見せていた紬が急に来なくなったら祖母はきっと寂しがっただろうし、紬を孫だとわからなくなってからも、彼女が好きだったものを作って持っていくと子供のようによろこんだ祖母を悲しませるわけにはいかなかった。

「だから、今で良かったんだ」

そう。せめて今で良かった。

懐かしい思い出に浸っていると、ドアが開き、オルデリクスが入ってきた。

「お、お帰りなさいませ」

急いでソファから立ち、婚約者を迎える。いつもなら「あぁ」と素気《そっけ》なく返されるだけなのに、今夜に限ってオルデリクスは顔を覗きこんできた。

「泣いていたのか」

いつもとは違う、気遣わしげな声。

「時々、遠くを見るような顔をしているな。ここにいるのは嫌か」

「そんな……違います」

正直に、亡くなった祖母のことを考えていたのだと話すと、オルデリクスは「ほう」と頷いた。聞き流されると思っていたから意外な反応だ。ソファに腰を下ろしたオルデリクスに隣に来るよう目で促され、戸惑いながらも言われたとおりにすると、彼は前を向いたままぶっきらぼうに命じた。

「おまえのことを話せ。もともとどんな暮らしをしていた。おまえの祖母というのはどんな人物だったんだ」

　弾かれたように顔を上げる。あまりにまじまじ見ていたせいか、オルデリクスは眉間に皺を寄せながら「伴侶のことを把握するのは当然の義務だ」とつけ加えた。

「オルデリクス様……」

　彼にとってはただの義務だったとしても、自分を目眩ましとしてではなく、ひとりの人間として扱ってもらえたようでうれしい。ひとりの男として向き合うと約束してくれた言葉のとおりだ。長い間自分だけで抱えていた荷物を下ろしていいと言ってもらえたような、そんな気がした。

「ぼくが暮らしていたのは日本という国です。八歳の時に両親を亡くして……それからは、父方の祖母に育てられました。とてもやさしい人でした」

　祖母との思い出は語りきれないくらいある。

　あれは小学校の授業参観の時だ。周囲の若い母親に混じってひとりぽつんと浮いていた六十代の紬の祖母を、クラスメイトたちは指差しながらくすくすと笑った。

　今なら、大事な祖母を侮辱《ぶじょく》されて悔しかったのだと理解できる。だが当時の自分はいたたまれなさでいっぱいで、家に帰るなり「もう来ないで」と理不尽な怒りを祖母にぶつけた。それなのに彼女は紬を抱き締め、「紬ちゃんが頑張っているところを見せてもらえて、おばあちゃんとってもうれしかった。ありがとうね」と笑ったのだ。

その瞬間、とてつもない後悔に襲われた。自分の気持ちをうまく整理できないことを、それを伝えられないことを、この時ほど悔しいと思ったことはなかった。泣きながら謝る紬を祖母はよしよしとあやしながら、何度も言ってくれたのだ。「大丈夫。おばあちゃんはいつでも紬ちゃんの味方だからね」と——。

「祖母にはたくさんのことを教わりました。料理も、祖母とぼくをつなぐ大切なものです」

今日のご飯はなぁにと目を輝かせる紬に、祖母はにこにこ笑いながらおいしいものをたくさん作ってくれた。レパートリーが豊富で手際が良く、お手伝い中の紬の失敗もうまくカバーして新しい料理に仕立ててくれるような人だった。機転が利いて朗《ほが》らかで、前向きな祖母が紬は大好きだったのだ。

「だから痴呆《ちほう》が進んで、ぼくのこともわからなくなっていく祖母を見るのは辛かった。少しずつ忘れられていくんです。祖母の中からぼくが剥《は》がれ落ちるように消えていくんです。記憶を失くされるのがあんなに怖いことだったなんて知りませんでした」

オルデリクスがはっとしたように息を呑む。

「それなのに、ぼくも祖母を忘れていました。ロズロサの作用だとわかっていても、とても申し訳ないことをしたと思います」

天国の祖母はどんな気持ちだったろう。両親はどんな思いでいただろう。

知らずに俯いていたせいか、大きな手が伸びてきたことにも気づかなかった。

唐突に頭をポンと叩かれ、びっくりして顔を上げると、それ以上に驚いた顔をしたオルデリクスと目が合った。

男のくせにメソメソするなと喝《かつ》を入れてくれたのかと思ったが、どうもそういうわけではないらしい。一度引っこめた手をもう一度伸ばし、今度は慎重に紬の髪に触れてくる。

大真面目な顔で二度、三度と髪に手を滑らせるのを見ているうちに、頭を撫でてくれているのだとやっと気づいた。

――あの、オルデリクス様が……。

子供の頭も撫でたことのないような人だ。きっと、彼なりに慰めてくれているのだろう。

力加減がうまく調節できないところは息子のアスランによく似ている。

自分なら大丈夫だと伝えるつもりで紬はそっと微笑んだ。

「記憶はちゃんと戻りましたし、それに、こちらに来たのも祖母が亡くなってからのことですから。……さっきも考えていたんです。両親も祖母も亡くなった後で良かったったって。心配かけずに済んだなって……」

オルデリクスの眉間の皺が深くなる。

「もとの世界に戻っても誰もいないのか。それでもおまえは戻るのか」

「ひとりには慣れていますから」

曖昧に笑った瞬間、オルデリクスの双眼が怒りとも悲しみともつかないもので揺らめき、気づいた時には彼の腕に抱き締められていた。

「オ、オルデリクス様……」

息もできないほどぎゅうっと力をこめられて、苦しいのにどこかほっとする自分がいる。

——俺がおまえを守ってやる。

オルデリクスの言葉が甦った。もしかしたら彼は、紬自身が抱える弱い心からも守ってくれようとしてくれているのかもしれない。

そっと身を預けると、反対にオルデリクスの腕には力が込もった。

「おまえはずっと、俺の腕の中にいろ」

耳に吹きこむように低く囁かれ、心臓が大きくドクンと跳ねる。触れ合ったところから鼓動が伝わってしまいそうで、紬は慌てて身体を離そうとした。

「行かせない」

「違……あの…、違うんです」

だが紬がなにか言うより早く再び腕の中に閉じこめられ、後頭部に回した手で胸に頭を押し当てられる。そうしているとトクトクという音が聞こえてきた。

オルデリクスの心臓の音だ。自分よりも少しだけ遅いリズムのそれに紬は引きこまれるように目を閉じた。

――これが、オルデリクス様の音……。

自分と同じだ。獣人も人間もなんら変わることのない命の証だ。

「ふふ…。ちょっとほっとしました。オルデリクス様もドキドキするんですね」

「なんだと」

オルデリクスがたちまち渋顔になる。

「盗み聞きとは行儀の悪いやつだ」

「だって、それはオルデリクス様が……」

「俺がなんだ」

吐息が触れ合うほど近くで見つめられ、またも鼓動が跳ね上がる。無意識のうちに目で追っていたのだろう。あ…、と思った時にはもう唇が重なっていた。

これまでとは違う触れるだけのやさしいキスに、触れられたところからとろとろと溶けてしまいそうだ。大切なもののように扱われて身体中から力が抜けた。

――どうしよう。こんな……。

なにも考えられなくなる。心臓が壊れたように早鐘を打つ。

オルデリクスの腕の中、紬は胸の奥から甘やかななにかが広がっていくのを感じていた。


数日後、突然城内に緊張が走った。

「申し上げます！　ゲルヘムの軍隊がバーゼル川を渡ったとの一報《いっぽう》が」

「なんだと」

「ほんとうか」

オルデリクスとギルニスの鋭い声が重なる。

バーゼル川は隣国との国境線だ。敵の軍隊がそれを越えたということはつまり、長らく膠着状態を保ってきたゲルヘムとの緊張の糸が一方的に断ち切られたということになる。

この緊急事態を一刻も早く伝えるべく走り通しだったのだろう。謁見の間に飛びこんできた伝令は荒い息を整える間もなく続けた。

「国境近くの村が襲われたとの情報もございます。そればかりか、敵はローゼンリヒトの森に次々と火を放っていると」

「水辺におびき寄せるつもりか」

「川の中で待ち伏せしてるんだろう」

気性の荒い龍人たちに水の中に引きずりこまれたが最後、二度と生きては帰れない。そうやってこれまで何人もの獣人たちが尊い命を落としてきた。

「おのれ……罪のない我が民をよくも……」

オルデリクスの顔から表情が消える。ギラギラと光る双眸は怖ろしいほどで、彼が一切の躊躇を捨てたのだとすぐにわかった。

「直ちに出撃の用意をしろ。すべての門を閉じるんだ。女子供は上階に移せ」

オルデリクスは矢継ぎ早に指示を出すとそのまま部屋を出ていく。

それに続いてギルニスが、さらにその指示で多くの侍従たちがバタバタと四方に駆けていくのを紬は呆然と見送った。

ここローゼンリヒト城から国境まではすぐそこだ。かつて見たあの美しい景色が脳裏を過ぎり、落ち着かない心持ちに紬はぎゅっとこぶしを握った。

城下に広がるブルーグレーの屋根たち。その向こうにはバーゼル川が悠々と流れ、豊かな森や、険しくも恵みの雨をもたらすダガート山脈に続いている。あの素晴らしい景色が、そこで暮らす人々の命が、まさに今脅かされようとしているなんて――。

そうこうするうちに支度が調ったのか、にわかに外が慌ただしくなる。

急いで部屋を飛び出した時にはもう、獣型となったオルデリクス率いるローゼンリヒト軍が勢いよく出撃していくところだった。

百獣の王である獅子オルデリクス。その横でしなやかな跳躍を見せる黒豹はギルニスだろう。後に続く大柄な肉食獣は指揮官や兵士らだろうか。濛々《もうもう》と土煙《つちけむり》を上げながら城門を潜っていく後ろ姿を見つめながら、こみ上げる不安に紬はひとり必死に耐えた。

彼らに万一のことがあったらどうしよう。両親のように突然いなくなってしまったら。祖母を看取った時ですらこんな気持ちにはならなかった。命の保証がない戦いというものの片鱗《へんりん》に触れて胸が押し潰されてしまいそうだ。

「ツムギ様も早く」

はっと顔を上げると、迎えにきてくれたのか、リートが階段を指していた。

「上が一番安全です。陛下が戻られるまではどうぞあちらへ」

防備堅固《けんご》なここ主塔は籠城するのに向いている。王の婚約者ともなれば最上階に籠もるべきだろう。

けれど、それをわかった上で紬は「ごめん」と首をふった。

「ぼくはここに残らせて」

「ですが」

「私室でもいい。オルデリクス様がいつもいた場所で無事を祈っていたいんだ」

「ツムギ様……」

リートが驚いたように目を瞠る。紬がオルデリクスからどんな無体を受けたか、誰よりもよく知る彼だ。その紬がまさかそんなことを言い出すなんて思いもしなかったのだろう。

それでもその意志が固いと知るや、彼は留守を守るために残っていたエウロパにかけ合い、謁見の間のドアの前にも護衛をつけることを条件に紬の我儘を許してくれた。

リートにも部屋に戻ってもらい、ひとりになった紬は赤いビロードの椅子に腰を下ろす。いつもオルデリクスが腰かけていた椅子だ。大きな背凭れからは微かに彼の匂いがした。

不思議だ。はじめは怖い人だと思っていたのに、今は残り香に包まれただけで胸の奥がぎゅうっとなる。遠く離れていてもまるで半身のように心が疼いた。

「オルデリクス様……」

身体を丸め、両手を合わせ、紬はひたすらに祈り続ける。

どうか無事でありますように。

どうか怪我なく戻りますように。

そうしてどれくらい経っただろう。日も暮れ、白い月が暗い森を皓々と照らし出す頃、城の外が騒がしくなった。

「もしかして」

護衛たちをふりきって中庭へ駆け出す。

ちょうどローゼンリヒト軍が戻ってきたところのようで、彼らはいまだ昂奮冷めやらずとばかりに獣型のまま唸ったり、走り回ったりしていた。その体毛はあちこち汚れ、泥に塗《まみ》れているものも多くあったが、幸いなことに大きな怪我をしたものはいないようだ。

「オルデリクス様は っ……」

なにより彼の無事が気にかかる。矢も楯もたまらずあたりを見回した紬は、強い磁力に引っ張られるようにして一頭の獅子と目が合った。

「あ…」

体長は二メートル半はあるだろうか。黄金の鬣を風に靡《なび》かせ、まっすぐこちらを見据えている。獣の姿で向き合うのははじめてだけれどそれが彼だとすぐにわかった。月の光を従えて立つ獅子のなんと精悍なことだろう。

立ち尽くす紬を前に、オルデリクスは帰還を告げる咆哮を上げた。

ウオオオォォ――ン…………!

「……っ」

地鳴りのような響きに全身が粟立《あわだ》つ。なんと大きな声だろう。それになんて勇ましい。本能的な恐怖と、だがそれと同じだけの誇らしさに胸がふるえる。

黙ったまま向き合うふたりを余所に、城内で待機していたものたちがいっせいに駆け出してきて自軍を迎えた。

「よくぞご無事で！　お戻りをお待ちしておりました」

「此度の戦いはいかがでしたか。ぜひ詳しくお聞かせくださいませ」

「そのための酒はたっぷり用意してあるのだろうな」

「もちろんでございます。湯も沸かしてございますよ」

「それはありがたい。川の水で身体が冷えたところだ。まずはあたたまってから、うまい酒を浴びるとしよう」

人型に戻った指揮官らが出迎えた侍従たちとさっそく話を弾ませる。こちらを窺い見るものもあったが、ふたりのただならぬ空気を読んだのか、あえて声をかけることなく城へと入っていった。

騒がしさが去り、ふたりきりになってからもオルデリクスはその場を動こうとしない。

熱を帯びた眼差しに吸い寄せられるように近づくと、彼はその場に腹をつけて座った。しばらくここにいろということかもしれない。ならばと、紬もすぐ隣に腰を下ろした。

昼間の緊迫した空気が嘘のように静かな夜だ。

兵士たちの賑やかな声が風に乗って聞こえてくる。これから夜通しの宴会が行われるのだろう。大将であるオルデリクスも参加しなくていいのだろうかと思ったが、家臣たちに好きに呑ませるためにあえて外しているのかもしれないと思い直した。

前足を重ね、その上に頭を乗せて目を閉じるオルデリクスを見下ろしながら、紬はようやくのことでほうっと長い息を吐く。

——彼が無事で良かった。帰ってきてくれてほんとうに良かった。

命懸けで国を守ってくれたオルデリクスを少しでもねぎらいたくて、紬はそっと黄金の鬣に手を伸ばす。おそるおそる触れてみると、それは思っていたよりずっと硬く、麻紐《あさひも》のような張りがあった。

何度か撫でているうちに、オルデリクスの耳のあたりに古い傷痕があることに気づく。よく見れば肩や足にも似たような傷がいくつもあった。

——そう、か……。

彼はほんとうに身を挺《てい》してこの国を守ってきたのだ。その生々しい証を見つめながら、宣言式で軍服に身を包んだオルデリクスの凛々しい姿を思い出す。あの時、彼は言った。

「我らは国のものであり、国はそなたらのものである」と。

ローゼンリヒトにいかなる災いが降りかかろうとも、命懸けで守ってくれる王がいるという安心感がこの国を支え、人々の心の拠り所になっているのだろう。今では自分もそう思うもののひとりだ。彼がいれば怖いものなんてなにもない。

熱いものがこみ上げてなんだか泣いてしまいそうだ。小さく洟《はな》を啜《すす》りながら鬣を撫でていたその時、どこからか、グルル……という音が聞こえてきた。

——え？

こんな時にお腹でも鳴ったのかと慌てて胃のあたりを押さえたものの、音の正体は腹の虫ではなく、どうやらオルデリクスが喉を鳴らしているらしいとわかった。

——あのオルデリクス様が？

にわかには信じられず、思わず手を止めて見入ってしまう。

しばらくは気持ち良さそうに目を閉じていたオルデリクスだったが、紬がぽかんとしているのに気づくと、はっとしたように身を起こした。すぐさま人型に戻り、憮然とした表情で隣に座る。そのまま気まずそうにそっぽを向く軍服姿の横顔に思わず噴き出しそうになってしまい、紬は慌てて笑いをこらえた。

眉間には見たこともないほど深い皺が寄っている。顔の下半分は黒い手袋に覆われて見えないけれど、口も真一文字に結ばれているに違いない。きっと照れているんだろう。

くすぐったい気持ちを押さえつつ、紬はあらためてオルデリクスに向かって一礼した。

「お帰りなさい、オルデリクス様。ご無事でなによりでした」

「……あぁ」

素っ気ない返事も返ってくるだけでほっとする。

「勝ちましたか」

「当然だ」

「ローゼンリヒトは難攻不落ですね。オルデリクス様がいてくださるおかげです」

自軍が勝利に沸いていることは感じていたけれど、彼の口から聞くのが一番うれしい。

手放しに褒める紬に、だがオルデリクスはなぜか居心地悪そうな顔をした。

「俺はこの国の王だ。その俺が国を守らなくてどうする」

「ですから、それがうれしいんですよ」

「なにを言っているんだ。おまえは」

「いいんです。わからなくても。でもぼくはすごくうれしいですよ」

「おかしなやつだ」

オルデリクスは胡座《あぐら》を掻き、その上で頬杖を突きながら顔を顰める。どんなに仏頂面をしようともまんざらでもないのは隣の紬にも伝わってきた。

オルデリクスは大きく息を吐き、その視線を夜空へと移す。いつの間にか星も出ていたようで、チカチカと瞬く星々を眺めながら彼は静かに口を開いた。

「心配をかけたか」

「はい。……とても」

まんじりともせず祈り続けたほどに。

そう言うと、オルデリクスは目だけで紬を見、それからもう一度空を仰いだ。

「おまえに伝えてから出ていく余裕があれば良かったな。次からはそうしよう」

「また戦いがあるんですか」

「ないとは言えん。交渉が決裂すれば即時開戦だ」

その可能性はゼロではないと続けながら、オルデリクスは今日のことを話してくれた。

敵国襲来の報を受け、直ちにローゼンリヒト軍は出撃した。

戦地と化したバーゼル川に着いた頃には国境警備兵たちが善戦してくれていたおかげで森の被害は最小限に食い止められており、農民も安全な場所に避難していたため、あとは敵を討ち取るばかりという状況だったという。

長らくの小康状態を破ったからには隣国も全軍を差し向けてくるに違いないと身構えていたオルデリクスだったが、予想に反して相手方はゲルヘム国軍ではなく、隣国の外交政策に異を唱える過激派と呼ばれる一派だった。

「ゲルヘムの中には、いまだにローゼンリヒトに負けたことを恨んでいる輩《やから》がいる。この国を属国にして借りを返せという思想があるのだ。いつまでも一進一退の外交関係にとうとう業を煮やしたんだろう」

「でも、いきなり攻めてくるなんて……」

「浅慮だったな」

あっという間に返り討ちにしたオルデリクスたちは敵を生きたまま捕らえ、捕虜として連れ帰ってきたのだそうだ。

過激派はゲルヘムの中でも扱いに困る存在だろうが、裏を返せば国の情報を多く掴んでいるということでもある。そんな連中が敵国の手にあると知れば嫌でもゲルヘムは交渉のテーブルに就くはずだとオルデリクスは結んだ。

「すごい……」

「讃辞が向けられるべきは兵士たちだ。有事に備えて鍛錬《たんれん》を怠《おこた》らない自慢の軍隊だからな。今日は思う存分暴れただろう」

「それを統率されたオルデリクス様もご立派だと思います」

「だから俺は王なのだと……いや、もういい。おまえはしつこい」

やれやれと顔を顰めるのさえおかしくて、紬は口元だけでふふっと笑った。

「おまえは……不思議な存在だな。俺を憎んでいるだろうに」

「え？」

思いがけない言葉に目を瞠る。

それを見て、オルデリクスは小さくため息をついた。

「おまえが抵抗できないと知っていて、あえて力尽くでおまえを抱いた。あんな屈辱的なことをされて恨まない方がどうかしている。殺してやりたいと思ってもおかしくない」

淡々と告げられ、驚いたのはむしろこちらの方だ。

「こ、殺すだなんてとんでもない。言ったでしょう、ぼくはオルデリクス様が無事に帰るようにずっと祈っていたんですよ。それはこの手であなたを殺したかったからじゃない。あなたに、生きていてほしいからです」

オルデリクスが訝しげな顔をする。

「ほんとうです。確かにあんなことをされて、こ…、怖かったですけど、でも憎んだりはしていません。それに、もしぼくがそんなことを考えていたら、オルデリクス様はきっと見抜いていると思います」

自分で言うのも情けない話だけれど、思ったことが顔に出やすい質だ。

オルデリクスもそれはわかるのだろう。なんとも言えない顔で苦笑した。

「でも、顔に出るのも悪くないんですよ。その方が相手にも気持ちが伝わります。だからオルデリクス様も、もっと思ったことを表に出してください」

「王たるもの、他者に弱みを見せてはならない。当然のことだ」

「それはぼくに対してもですか？　ぼくはあなたの許嫁です。あなたの心と話しています。ともに国に命を捧げるために伴侶にすると宣言されたじゃないですか。そんなぼくが相手なら、なにを言ってもいいでしょう？」

「ツムギ」

「オルデリクス様のことを話してください。オルデリクス様のことが知りたいです」

「おまえは……」

オルデリクスがじっとこちらを見つめてくる。それでもなお迷っているのか、琥珀色の瞳がわずかに揺れた。

彼はゆっくりと息を吐き、なにかを求めるように夜空を仰ぐ。そうして瞬くいくつもの星々に目を眇めると、やがて覚悟を決めたように静かに語りはじめた。

「王家に生まれるということは、絶え間ない嫉妬と羨望、それに醜い欲望に掻き回されることと同義だ――」

第二王子として生まれたオルデリクスはなに不自由なく育った。

二つ離れた兄フレデリクスに憧れていたが、次期国王として周囲の期待を一心に背負い、帝王学を叩きこまれて育っていく兄の存在はあまりに遠いものだった。両親の関心は兄に強く向いており、オルデリクスには専門教育がほとんど施されなかったことも今にすれば原因のひとつだったかもしれない。

無意識に兄と自分を比べては劣等感に苛まれた。そんな自分が嫌いだったとオルデリクスは自嘲した。

「兄はおだやかでやさしい人だった。俺とはなにもかもが正反対だったな」

気が短くせっかちなオルデリクスとは対照的に、フレデリクスは冷静で、人の話を聞くのがうまい人だった。誰もがフレデリクスに話を聞いてもらうだけで不思議と落ち着きを取り戻したという。

また、フレデリクスはとても賢い人だった。人を見る目に長けていて、適材適所という言葉をよく知り実践していた。なんでも自分でやらないと気が済まないオルデリクスとは真逆で、根気強く、人の失敗を許せる人でもあった。

そんなフレデリクスが同盟国から迎えた后もまた、やさしく朗らかな人だった。『ローゼンリヒトの良心』と呼ばれたふたりは国民に祝福されて王位を継いだ。一年後、待望の王子アスランが生まれ、すべてが順風満帆だった。

「俺にとって、兄は光そのものだった」

フレデリクスに比肩《ひけん》するわけなどないと知りながらも、弟としてではなく、ひとりの男として認められたい——そんな思いで悶々としていたある日、国王夫妻が不幸な事故で亡くなったとの報せが届いた。同盟国の王位継承を祝う式典に参加するための道中、猟銃の音に驚いた馬が暴走し、馬車もろとも谷底に落ちたのだ。誰ひとり助からなかった。

「……なんてこと……」

あまりの不幸に言葉もない。

「生まれたばかりのアスランは置いていったので無事だった。国にとっては不幸中の幸《さいわ》いだったかもしれんな」

悲しみも癒えぬまま次の王に擁立《ようりつ》されたオルデリクスは、すぐさま慣れない政務に忙殺《ぼうさつ》されることとなった。王位継承権は実子であるアスランの方が上だったが、まだ幼かったため、彼が成人する十六歳の誕生日までオルデリクスが王位を預かることになったのだ。関係各国からは、前国王夫妻の弔いと新しい王への挨拶にひっきりなしに使者がやってきて、寝る間もないほどの忙しさだったという。

城内の混乱も甚《はなは》だしく、手のひらを返したように擦り寄るものや、気性の荒いオルデリクスに王が務まるのかと囁き合うもの、さらには王位に目が眩んだ弟が兄を殺したのだと心ない噂をするものまで現れた。

心身ともに疲れ果てたオルデリクスは絶望の中で心を閉ざし、兄の代わりとして生きることを決めた。そうすることでしか生きられなかったのだろう。兄の子であるアスランは周囲に翻弄されずに済むよう、エウロパの勧めに従って自分の子として引き取った。

だが、そこで思いがけないことが起こった。

「まさか、俺をほんとうの父親だと思いこむとは……」

無条件に自分を慕ってくるアスランをかわいく思うこともある一方、実の父であるフレデリクスを覚えていないことへの不条理な怒りで冷たく当たるばかりだったという。

フレデリクスが亡くなったのはアスランが生まれてすぐのことだ。まだ赤ん坊だったアスランが父親を覚えていなくとも無理はない。頭ではそれをわかっていても、どうしても気持ちが追いつかなかった。

加えて、子供の扱い方がわからなかったオルデリクスはすべてをジルとミレーネに任せ、アスランがどんなに偏食をしても好きなようにさせていたという。

「だから、おまえにアスランのことを言われて無性に腹が立った」

それまで見て見ぬふりでやり過ごしてきただけに、痛いところを突かれたように感じたのだそうだ。

「ご事情も知らず……ほんとうに、ほんとうに申し訳ありませんでした」

自分の言葉でどれだけ彼を傷つけただろう。自責の念に頭を下げるばかりの紬の肩を、大きな手がやさしく包んだ。

「顔を上げろ。おまえが悪いわけではない」

「でも、ぼくが」

「言ったろう。おまえのせいではない。責められるべきは俺の弱さだ。心を捨てることでしか生きられなかった。それどころか、それを指摘したおまえに八つ当たりのような真似をしたな。その名はエゴではないのかなどと……。俺の方こそ恥じなければならない」

「オルデリクス様」

はじめて語られる彼の脆さ、長らくひとりきりで背負ってきたであろう絶望を知って、今ようやくオルデリクスに触れたような思いがする。自分に話してくれたことが誇らしく、ただただうれしい。強い気持ちに突き動かされるまま夢中でオルデリクスを抱き締めた。

「オルデリクス様に恥じるところなんてありません。どうか自分を責めないで」

至近距離から澄んだ琥珀色の瞳を見上げる。

「あなたはとても強い方です。たくさんのものを背負いながら歯を食い縛って生きてきた、とても強くて立派な方です」

「それを言うならおまえの方だ。支えられることが当たり前の俺からすれば、肉親を失い、ひとりきりで生きてきたおまえは充分強い人間だ」

「オルデリクス様……」

そんなふうに言ってもらえるなんて。

心そのものをやさしく撫でてもらったようで、ほっとするあまり涙がこぼれてしまいそうになる。そんな紬の様子を察してか、オルデリクスは「それに」と軽い口調で続けた。

「おまえにはしなやかな芯がある。弱く見せかけておいてほんとうはとても頑固だろう。この俺に散々意見するほどな」

「そ、それはっ」

「悪くないと言っているんだ」

「……そうでしょうか」

恨みがましい目を向けると、それを見たオルデリクスが小さく噴き出す。はじめて見る彼の笑顔に新鮮な感動を覚えながらも、紬もまたつられて笑ってしまった。

月がふたりを照らし出す。

その光に導かれるように、やわらかななにかが胸の奥で花を開かせようとしていた。

*

それからというもの、紬はアスランの食事係として務める傍ら、疲れを癒やしてもらえるようにとオルデリクスにも焼き菓子などを作って差し入れるようになった。

彼の好物がわからないので、あれこれ作っては反応を見る日々だ。

特に褒められることはなかったが、嫌がられているふうではなかったし、いつも完食してくれているらしい。それがささやかな楽しみとなった紬は、他の料理人たちに伝統菓子の作り方を教えてもらいながら毎日せっせと腕を磨いた。

そんな紬に朗報をもたらしたのはエウロパだ。

オルデリクスが紬の作るものをよろこんでいると、わざわざ伝えに来てくれたのだ。

「オルデリクス様がそうおっしゃったんですか？」

驚く紬に、エウロパは白い髭を揺らしながら朗らかに笑う。

「口にこそお出しになりませんが、ご様子を拝見していればわかるものです」

「そうなんですね」

「ええ。とても楽しみにしておいでですよ」

それを聞いてじわじわとうれしさがこみ上げる。アスランの偏食を治すという当初の役目を果たした今、今度はオルデリクスがよろこぶところを見てみたくなった。

「エウロパさん。ちょっとご相談したいことを思いついたんですが……」

医師の耳に顔を近づけ、斬新なアイディアを打ちあけると、エウロパは目を丸くした後で「ほっほっほっ」とあかるい笑い声を立てた。

「それはそれは、陛下はさぞかし驚かれることでしょう」

「許してもらえますか」

「私から陛下専属の料理人に話してみましょう。それからギルニスやジルにも声をかけておきましょうかね。……ふふふ。私まで楽しみになって参りましたよ」

エウロパが秘密の作戦に片目を瞑る。

かくして二日後、オルデリクスとアスランのための夕食会が実現した。

こうした席を用意したのは、家族であるふたりが一緒に食事をするところを見たことがなかったからだ。オルデリクスがアスランを邪険にするのはアスランが憎いからではないこともわかった。それなら、仲良くなるきっかけになればと思った次第だ。

また勝手な思いこみで先走らないよう、エウロパやギルニスにはすべて細かく相談し、もちろん事前にオルデリクスたちの意向も訊いた。

思いがけない話にオルデリクスは戸惑っていたようだったが、最終的には「アスランがいいなら」と頷いてくれた。子供の気持ちを優先してくれるのははじめてのことで、彼が変わりつつあることを肌で感じた。

わくわくと気持ちが逸《はや》る。記念すべき食卓にふさわしい一品をと、紬は腕によりをかけてご馳走を作った。

用意したメインディッシュはミートボールとビーツのスープだ。

ブイヨンでじっくり煮込んだ野菜のスープを、ラードでカラッと揚げたミートボールと食べる直前に合わせる。塩胡椒で味を調えただけのシンプルなスープだが、野菜の旨《うま》みやラードの甘み、噛んだ途端口の中にじゅわっと広がる肉汁が一体となってとてもおいしい。この国に来て教わったレシピの中でも特にお気に入りとなったもののひとつだった。

味を見た紬は自信とともに食堂に向かってワゴンを押す。

城内にはいくつか食堂があり、身分や用途によって使い分けられているが、王族の食堂は来賓《らいひん》をもてなす場所でもあるため特に豪華だ。緋色の絨毯が敷かれた上にはどっしりとした黒檀《こくたん》の長テーブルが置かれ、それをぐるりと囲むように椅子が二十脚並んでいる。

けれど、今日は特別に小さめのテーブルを運びこんでおいた。せっかく親子がお互いの顔を見ながら食事をするのだ。気軽に話ができなければ意味がない。

「さぁ、どうぞこちらへ」

やってきたオルデリクスを主席へ、そしてアスランをその反対側に向かい合うようにして案内する。あらかじめアスラン専用に高さを調節しておいた椅子に座らせると、王子はキョロキョロとあたりを見回し、それから紬の顔をじっと見上げた。

「アシュも、ごはん？」

「そうだよ。アスランの大好きなものを作ったから、父様と一緒に食べようね」

「チーは？」

「ぼくはこれから最後の仕上げ」

待っててねと言い置いて、紬はいそいそと準備に取りかかった。

給仕係に手伝ってもらい、アスランの後ろにある暖炉で鍋ごとスープをあたため直す。王の食堂だけあって、暖炉専用の係が常に火の状態に気を配ってくれるのでありがたい。

スープを注ぐのは近郊の村で焼かれたという美しい白い陶器だ。オルデリクスの席の後ろにも造りつけの飾り棚があり、見事な壷や皿が飾られていた。

シャンデリアの光を受けてテーブルの上のカトラリーがきらきらと光る。

オルデリクスのグラスに注がれたワインまでもが特別な夜を祝福しているかのようだ。城の斜面で採れた葡萄から作ったという赤ワインは、以前紬も呑ませてもらったが雑味が少なくコクが深い。きっと今夜のメインにもよく合うだろう。

紬が支度をしている間、給仕係が前菜やパンを出してくれたようで、部屋の中にはカトラリーの触れ合うわずかな音が響いた。

親子にはまだ会話はない。

それでも互いの存在は気になるのか、時々窺うようにチラッと見てはまた目を伏せるのくり返しだ。アスランが食べこぼすたびオルデリクスは気になるようで目をやっていたが、今までのように咎めるための視線ではなく、気にかけていることが見てわかった。

対するアスランも、父親が視界に入るせいかそわそわしている。それでも、うるさく話しかけると怒られると思っているのだろう。代わりに眼差しが雄弁にお喋りをしていた。

そんなふたりを内心微笑ましく思いながら、紬はメインとなるスープを出す。

皿が目の前に置かれるや、アスランが「わっ」と声を上げた。

「チー、これ！」

「うん。好きでしょう？」

「すき！　これ、すき！」

スプーンを握り締めたままきゃっきゃっとはしゃぐのを見ているだけでうれしくなる。

不思議そうに見つめるオルデリクスに、紬はにっこり笑いかけた。

「アスランはミートボールが大好きなんです。しかも、一口では食べられないほど大きなものが」

どんなに小さく丸めた方が食べやすいんだよと言っても聞かない。何口かにわけた方がたくさん食べた気になるのだろう。

そう言うと、オルデリクスはおかしそうに口角を上げた。

「なるほどな。一理《いちり》ある」

「オルデリクス様もミートボールはお好きですか」

「……そうだな。あまり考えたことはなかったが、これは悪くない」

ぶっきらぼうな答えだけれど、飾らない言葉が今はうれしい。紬はほっと胸を撫で下ろしながら一心に食べるアスランの頭をそっと撫でた。

「良かったね、アスラン。オルデリクス様もミートボールが好きなんだって。お揃いだね」

「とうさま、も……？」

アスランがおそるおそるというように上目遣いにオルデリクスを見る。

今までそんなふうに見つめられたことなどなかったのだろう。オルデリクスは眉間に皺を寄せかけたが、すぐに我に返ってなんでもない顔をした。

「あぁ」

「とうさまも！」

「だからそうだと言っている」

「オルデリクス様。もうちょっとやさしく」

紬の言葉にオルデリクスがまたも渋面を作りかけ、やれやれと息を吐いた。

「おまえたちの相手は疲れる」

「慣れれば楽しくなりますよ。ね、アスラン」

「ね！」

アスランはご満悦《まんえつ》だ。父親と会話ができてうれしいのだろう。

果敢にふたつ目のミートボールに挑戦するアスランに「よく噛んで食べてね」と言い含めながら、なにげなくオルデリクスの方を見て驚いた。彼は食事の手を止め、一生懸命に食べるアスランを目を細めて見つめていたのだ。

はじめて見る父親の顔に胸がぐっと熱くなる。

しばらく息子の様子を堪能した彼は、同じものを噛み締めるように味わった。

「お味はいかがですか」

アスランの世話をミレーネに任せ、オルデリクスの傍らに立つ。

「気に入った」

「えっ」

「なんだ。俺が気に入るのはおかしいか」

「いえ、すみません。なんというかびっくりして……その、うれしいです。すごく」

ふたりによろこんでほしくて昨日は一日中試作をくり返したし、料理長が太鼓判を押してくれた後もエウロパやギルニス、リートにジルにミレーネと、思い当たる人らすべてに試食をしてもらってようやく味を決めたスープだった。

材料や配合、スープとミートボールを合わせるタイミングに至るまで徹底的にこだわった。ギルニスなど「そこまですんのかよ」と最後は呆れていたくらいだ。

「おまえはやはり不思議だな。どうしてそうまでしようとする」

「だって、料理をおいしいって言って食べてもらえるのは、ぼくにとってすごくうれしいことですから」

「他人のためになにかすることがうれしいのか」

重ねて訊ねられ、紬の方こそきょとんとなった。

「それを言ったら、オルデリクス様の方がずっとすごいことをしていらっしゃるじゃないですか。命懸けで国を守るなんて」

「それこそが王の義務だ」

「でも、それを誇らしく思われるなら、それはオルデリクス様にとってのよろこびなんだと思います」

「俺の……？」

オルデリクスは空になった皿にスプーンを置き、こちらをじっと見つめてくる。

「義務をよろこびだなどと思ったことはない。当たり前にやるべきことだと」

「もう…。オルデリクス様は自分に厳しすぎるんです。もうちょっとご自分をいたわってあげてください。頑張ってるよ、よくやってるよって」

そう言うと、オルデリクスは驚いたように目を瞠り、やがてそろそろと息を吐いた。

「おまえに言われるとなんともむず痒《がゆ》いものだな」

「え？」

「だが、おまえと話すのは心地いい。……言っておくが、俺に甘言を吐くからではないぞ。おまえが俺に向き合うからだ」

「オルデリクス様」

胸の奥がじわじわとあたたかなもので満たされていく。こみ上げる思いのまま微笑むと、それを見たオルデリクスもふっと目元をやわらげた。

「ツムギ。おまえも一緒に食え」

「え？　いえ、ぼくはただの食事係なので……」

王族以外はこのテーブルに就いてはならないとギルニスから教わった。家臣の食堂は別にあるのだからと。けれどオルデリクスが「俺の許嫁だろう。構わん」と譲らないので、紬はもうひとつ椅子を持ってきてふたりのテーブルに加わった。

オルデリクスにはスープのお替わりを、アスランには一足早いデザートを供しながら、紬もまたご相伴《しょうばん》に与る。スープを一口飲んだ途端、野菜の甘さとビーツのほろ苦さが口の中にふわっと広がり、そこにラードの甘味が重なって空腹の胃がぐうっと鳴った。

「そんなに腹が減っていたのか。遠慮せずにたくさん食え」

オルデリクスがこちらを見ながら苦笑する。

「チー、これも、たべる？」

アスランも食べかけのデザートを差し出してくれる。彼の大好きな林檎のコンポートだ。

恥ずかしいやら情けないやら、でもその気持ちがうれしくて紬は笑顔で首をふった。

「大丈夫だよ。ありがとう、アスラン。林檎はおいしい？」

「ん！」

「アスランは林檎が好きだもんね」

「すき！　だいすき！　とうさまと、チーの、つぎにすき！」

思わずオルデリクスと顔を見合わせる。

「すごいですね、オルデリクス様。林檎よりも好きだそうですよ」

「……それはよろこぶべきことなのか」

「大変な名誉じゃありませんか。ねぇ、アスラン」

「ふふー」

小さな両手で口元を押さえ、照れくさそうに身体を揺するアスランに思わずぷっと噴き出してしまう。一連のやり取りを見守っていたエウロパやギルニス、ミレーネたちも皆が肩で笑いを堪えた。

なんてあたたかでしあわせな夜なのだろう。

これまでにないほど近しい距離で、三人でなにげない話をしながら夕食をともにする。たったそれだけのことなのに心がこんなにも満たされていく。自分の手料理に和んだり、笑い合うふたりを見ているうちに気持ちがほっと安らぐのがわかった。

――いつか、こんな日が来たらって夢見てた。

澄んだ赤いスープを掬いながら、紬は自分の中の声に耳を傾ける。

――ささやかであたたかな暮らしができたらって。

それはもとの世界にいた頃、ひとりで食事をするたびに密かに願っていたことだ。

あの頃の自分は軌道に乗りはじめた仕事に追われ、忙しい毎日を送っていた。とても充実していたと思う。けれど家に帰るとそこには祖母との思い出にあふれていて、すべてを処分することもできないままずるずると時間だけが過ぎていた。

寂しかったのだと今ならわかる。

だからこそ、心をこめて作った料理を囲みながら、誰かと笑い合える日々を過ごせたらと願わずにはいられなかった。

「……もう、叶ってたんだ」

これからもここにいられたらどんなにいいだろう。ここで、オルデリクスとアスランの傍で、こんなふうにおだやかに食卓を囲めたら。

「どうした」

スプーンを手にしたままじっと考えこんでいたせいか、オルデリクスが問いかけてくる。

「いえ。……ここに来られて良かったなって、しみじみ思ったところです」

素直にそう言うと、彼は一瞬驚いたように眉を上げ、それからふっと目を細めた。

「おかしなやつだ。前は帰りたい帰りたいとあんなに駄々《だだ》を捏ねたくせに」

「人を子供みたいに言わないでください」

「俺にとっては同じようなものだ。どちらも扱いが難しい。特におまえは」

「どういう意味ですか」

一足先にデザートを平らげ、ミレーネに抱かれてうとうとしはじめたアスランを横目でチラと見る。二歳の子供より扱い難いだなんて聞き捨てならない。

けれど、返ってきた答えは予想外なものだった。

「なにをしたらおまえはよろこぶか、俺はまだ知らない。だから望みを言え。叶えてやる」

「え？」

まさかそんなことを言われるとは思わなかった。それに困ったことに、望みと言われて思いつくものがなにもない。人によっては金銀財宝をよろこぶのかもしれないけれど、自分はほしいとは思わないからだ。

首をふると、オルデリクスはあからさまに渋面になった。

「俺には言えないことなのか」

「いいえ。あ、でももし許されるなら、また一緒に食事がしたいです。こうして三人で」

「それだけか？」

「はい。それが一番うれしいです。ぼくの夢だったんです」

オルデリクスは今度は呆れたようにため息をつく。

「変わったやつだ。おまえのようなものは見たことがない」

「そうでしょうか。結構図々しいお願いをしていると思いますけど……」

「まったく。だからおまえは扱い難いと言うんだ。もっと俺にねだってみせろ」

「そんなこと言われても……」

どうしたものかと俯きかけた紬だったが、いいアイディアを思いついて顔を上げた。

「じゃあ、笑ってください」

「なんだと」

「オルデリクス様はいつも険しいお顔をしています。だから、もっと笑ってみませんか。そんなことぐらいで王の威厳《いげん》が失われることはないはずです」

オルデリクスはいつものように顔を顰めかけ、はっと眉間の皺をゆるめる。困ったような、それでいてまんざらでもないような不思議な顔だ。満面の笑みとはいかないまでも、これまでとはあきらかに違う柔和な表情に、自分のたった一言で彼が変わってくれたことがうれしくて紬はにっこりと笑みを向けた。

「やっぱり、笑ってるオルデリクス様の方がぼくは好きです」

さらに頼もしく見えるし、なにより余裕のようなものを感じさせる。

そう言うと、こちらを見るオルデリクスの眼差しが熱を帯びた。

「おまえは……いったいどこまで俺を揺さぶるつもりだ」

彼の目が言葉にならない感情を訴えている。熱を帯びた眼差しは蜜の甘さすら感じさせ、目を合わせているだけでも心臓がドキドキと早鐘を打った。

――オルデリクス様……。

少しずつ彼が変わっていく。

それによって自分も変えられていく。

オルデリクスへの気持ちがいつしか甘やかに溶けていくのを紬は感じはじめていた。


月日は瞬く間に過ぎていった。

宣言式が終わって二週間が経とうとしている。

それは、紬が王の許嫁として扱われた時間であり、同時に婚姻の事実を作るためだけに用意された『目眩まし』としての務めが終わるまであとわずかということでもあった。

一週間後、結婚式の翌日に、この関係は終わりを迎えることになっている。

わずか一日だけの結婚にどれほどの意味があるのかはわからないが、家系図を更新することが王の務めのひとつならばと協力したのはこの自分だ。失った記憶を取り戻すため、そして城という安全な場所で過ごすための交換条件だ。

それだけのはずだった、けれど。

ともに時間を過ごすうちに、気持ちがどんどんオルデリクスに傾いていくのが自分でもわかる。抗えないほどの強い力で引力のようにたぐり寄せられてしまう。どこにいても、なにをしていても考えるのは彼のことばかりで、胸がドキドキして落ち着かないのにそんなことさえうれしかった。

オルデリクスも、一緒にいるうちにずいぶん変わった。

なによりおだやかな表情が増えた。時々は笑うこともある。紬の話に耳を傾けてくれるようになったし、アスランともぎこちないながらもだいぶ話してくれるようになった。

こんな日が来るなんて、出会ったばかりの頃は思いもしなかった。

それが今や、将来にさえ思いを馳せている。

――これからもここにいられたらどんなにいいだろう。

あのあたたかい食卓を囲んだ時に強く思った。その気持ちは今も変わっていない。それどころか、日を追うごとに願いは強くなるばかりだった。

オルデリクスも同じ気持ちでいてくれていると思う。

直接言葉にされたことはないけれど、ことあるごとに向けられる熱を帯びた眼差しが、剥き出しにされる独占欲が、彼もまた自分を離したくないと思ってくれていることが伝わってきた。

だからきっと、一週間後の未来は大きく変わるだろう。

関係は終わらず、ずっとしあわせな毎日が続いていく。オルデリクスとアスランの傍で小さな食卓を囲む日々が――。

けれど、紬のささやかな願いを邪魔するように、ダスティンら保守派の反発は日増しに大きくなりつつあった。

獣人の王が人間を伴侶に選んでからというもの、考え直すよう毎日のようにオルデリクスに直訴していた彼らだ。宣言式が終わってしばらくはお祝いムードに押されていたが、それも一段落したこの頃は歯止めがかからなくなってきている。言葉で訴えるだけでは生ぬるいと判断したのか、彼らは強硬手段に出るようになった。

とはいえ、厭がらせを受けること自体ははじめてではない。

なにせ初対面から脅されたほどだ。たまたまギルニスが通りかからなければ延々厭味を言われたことだろう。その後も、紬がひとりでいる時を見計らってひどい言葉を投げつけられたり、階段から突き落とされそうになったこともあった。

ある時は外から鍵をかけられ、部屋の中に閉じこめられた。

またある時は真上から石を落とされ、あわや大怪我という場面もあった。

もはや偶然では済まされない。あきらかに危害を加えようとしている事態を重く見たエウロパやギルニスはオルデリクスに報告しようとしたが、それを止めたのは紬だった。

言うなれば自分は異分子だ。これ以上騒ぎを大きくしたくなかった。

下手にダスティンたちを刺激して、王に楯突くようなことになればオルデリクスの今後に影響する。エウロパたちはそれでも一言言っておいてはどうかと勧めてくれたが、紬は内々に処理することを望んだ。

オルデリクスは隣国との一触即発の事態に備え、ただでさえ多忙を極めている。私室に戻ってくる時間が日増しに遅くなっていることからも、彼が大変な思いをして国を守っていることを肌で感じていた。

だから、ここは自分が踏ん張らなくては。紬なりにこの国を理解し、役に立とうとしている姿をダスティンたちに見てもらって、受け入れてもらえるようにならなければ。

「よし」

そうと決まれば善は急げと、紬は図書室へ赴いた。豊富な歴史の資料を教師としてより深くローゼンリヒトを学ぶのだ。

重厚な扉を押し開いた途端、古い紙とインクの重厚な匂いに包まれる。

木の床や柱、そして書架に至るまですべてが飴色に美しく磨かれ、部屋自体が芸術品のようだ。熱心に本を選んでいるもの、書見台で分厚い上製本を開いているものなど、そこにいる人々まで空間に溶けこんでいるように見える。その中にはエウロパの姿もあった。

王族付きの医師だけあって日々調べものをするのだろう。ここに来ると彼の姿をよく見かける。こちらに気づいたエウロパが恭しく一礼するのに会釈で応え、紬はさらに先へと進んでいった。

奥まったこのあたりには、ローゼンリヒトの歴史や風土に関する本が充実している。

まずはなにから読もうか。国の成り立ちを詳しく把握しておきたいけれど、地形に関しても理解を深めたい。今着ている伝統衣装についても興味がある。

革張りの本の背表紙を眺めながら書架の間をゆったりと歩いていた紬は、ギシッ…となにかが軋む音に気づいて足を止めた。

――なんだろう。

誰か来たのだろうか。それにしては足音がない。

――それなら、なにが……？

音のする方に顔を向けた瞬間、息を呑んだ。

背よりも高い書架《しょか》が今、まさに、こちらに向かって倒れてくる――！

「……っ！」

「ツムギ様！」

強い力で腕を引かれた。

夥《おびただ》しい数の本がバサバサと音を立てて床に落ちてきたかと思うと、ガターン！　と地響きが轟く。濛々《もうもう》と埃が舞い上がる中、紬はただただ小さく身体を丸め、恐怖に耐えるしかなかった。

どれくらいそうしていただろう。

おそるおそる顔を上げると、重たい書棚が床に倒れ、たくさんの本が無惨に投げ出されているのが目に飛びこんできた。

「ツムギ様。お怪我は……！」

エウロパが血相《けっそう》を変えて紬の身体を確かめる。

彼がいなければ今頃下敷きになっていたに違いない。真剣な顔で指の一本一本まで確認したエウロパは紬のどこにも異常がないと知るや、ようやくのことで「ご無事でなによりでございました」と安堵を浮かべた。

「ツムギ様の身になにかあったらと、生きた心地もしませんでした」

「ありがとうございます。助けてくださって……。エウロパさんこそお怪我は」

「なんのこれしき。これでも昔は戦場医師として修羅場を乗り越えたこともございます。今でこそ一線を退きましたが、今日は当時のように勘が働いてくれたようです」

なにやら胸騒ぎがしたそうで、今も目でくまなく周囲を探っている。

紬もはっとしてあたりを見回したが、人影らしきものは見えなかった。

「…………」

あの重たい書架がひとりでに倒れるはずがない。誰かが意図的にやったのだ。紬の命を奪おうとして。これまでもたびたび危ない目には遭ってきたけれど、これほど明確に命を狙われたことはなかった。

騒ぎを聞きつけたものたちがどやどやと集まってくる。図書室で働くものだけでなく、護衛や侍従たちもいるようだ。エウロパから事情を聞いた彼らは人手を集め、すぐに書架を起こす作業に取りかかった。

それを少し離れたところで見つめながら、エウロパが厳しい顔つきで唇を引き結ぶ。

「さすがにこれは、内々にとは参りませんね」

オルデリクスに報告すると言われ、紬も今回ばかりは止めることができなかった。

今はゆっくりお休みくださいと部屋に戻ることを勧められ、重い足取りで私室に戻る。

ひとりになった途端、今さらのように怖ろしさがこみ上げてきて、ソファに座りこんだまま紬はぶるりと身をふるわせた。

これからどうなるのだろう。

自分はどうすればいいのだろう。

縋るものを求め、両手で自分を抱き締めながら一心に考え続ける。

ふと、近づいてくる足音に驚いて顔を上げると部屋の中はすっかり暗く、いつの間にか夕暮れが迫っていたことに気がついた。急いでソファから立ち上がると同時に、目の前で扉が開く。

「ツムギ！」

「オルデリクス様……」

駆けこんできたオルデリクスの表情はいつになく険しく、ひどく切羽詰まって見える。

強引に引き寄せられ、息もできないほどの力で抱き締められた。

「エウロパから聞いた。怪我はないな」

理性で自分を押し留めているかのような低い声だ。紬が「はい」と答えると、オルデリクスはようやくほっとしたようにわずかに腕の力をゆるめた。

「おまえを狙ったものたちは捕らえた。早々に処罰する」

「処罰って、まさか……」

紬は弾かれたように顔を上げる。

「お願いです。処刑だけはおやめください」

「おまえの命を奪おうとした罪はあまりに重い。死をもって償わせるべきだ」

「いけません。そんなことをしたら保守派の人たちはますます反発するようになります。ただでさえ国際情勢が安定しない時に城内に余計な火種《ひだね》を作るのは得策ではありません。ぼくなら大丈夫ですから、どうか」

必死に言葉を重ねると、ややあってオルデリクスは目を眇めながら身体を離した。

「なぜやつらを庇おうとする。義理立てする必要などあるまい」

「それはもちろん。ですが……」

「これまでの数々の所業も俺の耳に入れないようにしていたそうだな。……階段から突き落とされて打ちどころが悪かったらどうする。頭に石が当たって死んだらどうする。そんなことも考えなかったのか」

「申し訳ありません。余計な心配をかけたくなかったんです」

「余計、だと……?」

オルデリクスの声はさらに一段低くなり、凄みを増した。

「自分の与り知らぬところで伴侶が命の危険に晒されているなど、ただの悪夢だ。それをおまえは余計なことだと言うのか」

「あ、あの……」

「おまえにとって、俺はそんなに頼りない男か。信用には値《あたい》しないのか」

「そんなことありません」

「ならばなぜ、俺に言わなかった。もっと早くなんらかの手を打っておけばあんなことにはならなかったんだぞ」

「ですからそれは……騒ぎを大きく、したくなくて……」

睨まれているうちに声はどんどん小さくなり、終いにはかき消えてしまう。

オルデリクスは腹立たしさを隠しもせずに何度か乱暴に髪を掻き上げ、やがて諦めたようにため息をついた。

「昔、おまえに言ったことがあったな。王家に生まれるということは、絶え間ない嫉妬と羨望《せんぼう》に掻き回されることと同義だと。王族に嫁ぐものも同じ運命だ。……このようなことは予想して然るべきだった。伴侶を守れなかったのは俺の落ち度だ」

「そっ、そんなことありません！」

弾かれたように大きな声が出る。

けれどオルデリクスは首をふるばかりだった。

「俺の傍にいることでおまえを危険な目に遭わせてしまう。そのことを、よくよく考えておくべきだった」

「あの、これからはぼくも気をつけます。なにかあったらすぐに言いますから」

「ツムギ」

鞭《むち》のような鋭い声にビクッとなる。

「なにかあってからでは遅いというのがなぜわからない。……この間の出撃で、おまえは俺の帰りをまんじりともせず待ったと言ったな。あれと同じことを日々俺に強《し》いるのか」

「……っ」

「俺は、おまえを守ると約束した。この城におまえを傷つけるものがあるならば、俺はそれらと戦わねばならない」

有無を言わせぬ口調から、ダスティンらと正面衝突する気かと血の気が引いた。

「おやめください。思い留まってください、オルデリクス様」

「なぜ止める。おまえより大切なものは他にない。おまえを守るためならなんでもする」

「ぼくの命を大切に思ってくださるように、ダスティンさんを大切に思う方々もいます。どうか命だけは奪わないでください。それではなにも解決しません」

誰もしあわせにならないどころか、敵国に知れたら今ぞ好機と攻めこまれてしまう。

けれど言葉を重ねるほどオルデリクスの顔は硬く強張り、目は光を失っていった。

「なにがあってもおまえを守る。俺は本気だ」

「オルデリクス様」

「今夜は遅くなる。先に休んでいろ」

そう言うなり踵を返す。どこに行くのかと訊いても答えは返らず、「やることがある」と言いオルデリクスは出ていってしまった。

もやもやとした不安を抱えたまま紬は動かなくなったドアを見つめる。

これがふたりの運命を揺さぶるきっかけになるなど、この時は思いもしなかった。


何度目かのため息とともに紬は読んでいた本から顔を上げた。

さっきから集中力が途切れがちで、何度も同じところを読んでは嘆息する、のくり返しだ。理由はわかっている。オルデリクスのことだった。

あれ以来、彼が政務を終えて戻ってくる時間は日を追うごとに遅くなる一方で、とうとうここ数日は寝室で寝ている気配もない。執務室の椅子で仮眠を取っているのだろう。

いくら数多の戦闘を乗り越えてきた人とはいえ、肉体的な疲れは精神を蝕《むしば》む。彼が無理をしているのではないか、自らの身体の悲鳴も無視して己を駆り立てているのではないかと思うと気が気ではなかった。

それなのに、自分にできることといえばおとなしくしていることぐらいだ。

それでもそんな姿勢が奏功したのか、ダスティンらの処刑が行われることはなかった。リートから聞いた話では厳重注意で手打ちになったようだ。保守派の面々にいい思い出はあまりないが、だからといって刑に処されていいわけがない。

オルデリクスはなにを思ってふり上げた拳を下ろしてくれたのだろう。あの時自分が伝えた言葉が少しでも彼の心に響いたのなら良いのだけれど――。

もの思いに耽っていると、静かに部屋のドアが開いた。

「オルデリクス様」

まさに今、思いを馳せていた相手の帰還に弾かれたように立ち上がる。こうして顔を見るのは数日ぶりだ。少し窶れたようにも見える。

紬は一礼しながら、後ろ手に扉を閉めたオルデリクスを出迎えた。

「お疲れさまでした。すぐお休みになりますか」

「いや。その前に話がある」

やけに硬く、重たい声だ。表情はどこか思い詰めているように見える。

ソファに腰を下ろしたオルデリクスに倣って隣に座ると、しばらくの沈黙があった後、残酷な決定事項が告げられた。

「式は中止する。おまえを束縛から解放する」

「……え？」

「今日限り、許嫁のふりはしなくていい。食事係の任《にん》も解く。おまえを自由にする」

目を合わせないまま、オルデリクスが矢継ぎ早に畳みかける。

「おまえのことはイシュテヴァルダ王に頼むつもりだ。ここと違って、人間の国ならおまえも憂《うれ》いなく暮らせるだろう。道中は信頼の置けるものたちに案内させる。生活に困らないだけの金も持たせよう。もとの世界に帰る方法も探したければ力を貸す」

突然のことに頭が追いつかないまま呆然と横顔を見つめた。一息ごとに鼓動が高鳴り、嫌な汗が背中を伝う。

「……な…、んで………」

やっとのことで声を絞り出したものの、オルデリクスの表情が変わることはなかった。

「おまえひとり守るぐらい訳もないと思っていた。俺には獅子の力がある。無敵の軍隊も堅固な城も揃っている。いかなるものからもおまえを守れると、信じていた」

オルデリクスが苦しげに言葉を切る。懺悔するように額にこぶしを押し当て、目を閉じるのを、紬は胸が潰れそうな思いでじっと見上げた。

「俺の目の届かないところでおまえの身に危険が及ぶのが耐えられない。だからと言って、人間のおまえを戦場に連れていくわけにはいかない。いざ戦いがはじまったら置いていくしかないのだ。だが、その間におまえになにかあったらと思うと……！」

オルデリクスの顔が苦悶に歪む。

「おまえを守ってやると誓った。その約束だけは違えるわけにはいかない」

「オルデリクス様」

「俺と離別し、国を出れば命を狙われることもなくなるだろう。心配なら向こうに行ってもしばらく護衛もつけよう。すべてはおまえの命を守るために必要なことだ」

「どう、して……」

「おまえを永遠に失うことだけは避けなければならない」

「そんな……そんな突然……、待ってくださいオルデリクス様。ぼくはっ」

「これで終《しま》いだ。ツムギ」

最終宣告が言い渡された瞬間、目の前が真っ暗になった。

――そん、な…………。

やっと夢が叶ったのに。彼とならしあわせな毎日を送ることができる、そう確信していたのに。どちらが欠けてもそれは叶わない。オルデリクスでなければ意味がない。

それなのに、離れるしかないなんて。

――そんなの嫌だ！

強い気持ちが湧き上がり、ぎゅうぎゅうと胸を締めつけた。

それが今取り得る最善の策なのだと頭ではわかる。国王という立場上、彼が思うように動けないことも、その中で紬の安全を最優先に考えてくれたこともわかっている。それでも、どうしても嫌だった。

ここにいたい。彼の傍にいたい。自分なんてどうなってもいい。

けれど同時に悟るのだ。それは彼を困らせ、悲しませる結果につながるのだと。

「今夜はもう遅い。寝た方がいい」

「あ…」

はっとして顔を上げると、ソファを立ったオルデリクスが寝室に向かうところだった。

その背中を見つめながら、これまで覚えたこともないような強い衝動に揺さぶられる。

胸が引き絞られるように痛み、声を出すこともできなくなった。

「……っ」

いつの間にこんなに大きな存在になっていたのだろう。オルデリクスを思うたび、接するたびに少しずつ形を成していった想いは、今や自分ひとりでは抱えきれないほど育っていたのだとようやく気づいた。

その感情の名を、自分はもう知っている。

だからこそ口に出すことはできなかった。

――オルデリクス様……あなたが好き、です………。

片やローゼンリヒトの運命を背負う獣人の王、此方異界から来た人間だ。種族も身分もなにもかも違う。本来であればおいそれと近づくことも許されない相手だ。

それが目眩まし役を命じられ、ともに時間を過ごすうちにいつしか心惹かれてしまった。

同じ男でありながら身も心も彼のものになりたいとこんなにも強く願っている。

それが許されぬ望みであるとわからないほど子供ではない。

それでも。

――好き、です……好きです……。好きなんです………。

箍が外れたように想いは後から後からあふれ出す。それを止める手立てもないまま紬は絶望に顔を覆った。

好きになってはいけない人を好きになってしまった。たとえどれだけ祈ろうとも、叶うことのない恋をしてしまった。

強く唇を引き結び、手放すしかない恋の痛みにじっと耐える。

せめて最後ぐらいきれいに終わらせよう。心から心配してくれている彼のために。


夕方から降りはじめた雨が夜半を過ぎて土砂降りに変わる。

叩きつけるような雨を窓越しに眺めながら、紬は静かに心を整えていた。

オルデリクスに離別を言い渡されたのが昨日のこと。あれからほぼ丸一日なにも摂らず、誰とも会わずに自分自身と向き合い続けた。そうして出した結論だ。明日、ここから出ていこうと覚悟を決めた今、望むものはひとつしかなかった。

夜半過ぎ、政務を終えたオルデリクスが私室に戻ってくる。当たり前のように出迎える紬を見て彼は小さなため息をついた。

「……こんな時間まで起きていたのか」

「お帰りなさいませ。オルデリクス様」

これが最後の挨拶だ。今日が最後の夜だから。

紬は思いをこめて一礼すると、まっすぐに愛しい人を見上げた。

「オルデリクス様。お願いがあります。……最後に、思い出がほしいんです」

「思い出？」

「もう一度、ぼくを抱いてください」

そう言った瞬間、オルデリクスが息を呑む。琥珀色《こはくいろ》の双眼は信じられないものを見るように小刻みに揺れた。

「なにを言っているか、わかっているのか」

「役目を解かれたとはいえ、もとはあなたの許嫁です。ぼくから求めることは許されませんか。それとももう……そんな気持ちにはなれませんか」

「……っ」

頭上からくぐもった唸り声が落ちてくる。

「なぜそうまで俺を揺さぶる。俺がどんな思いで手を離すと思っているんだ」

「ぼくのため、と」

「そうだ。すべてはおまえのためだ」

「それならこれも、ぼくのためです。どうか我儘をお許しください」

最後にもう一度だけ、そのぬくもりを感じたい。彼のものにしてほしい。

懇願する紬に、だがオルデリクスは首をふった。

「おまえは人間だ。何度も獣人と交わってはならない」

「え？」

「獣人の精を注がれ続ければ人間でも獣化することがあると聞いた。そうなったら二度ともとに戻れなくなる」

「構いません」

それこそ願ってもないことだ。彼と同じになれるならそうしてほしい。

けれど、オルデリクスは語気を強めて紬の訴《うった》えをはね除けた。

「なにを言う。もとの世界に帰りたいと言ったのはおまえだろう。万が一にも獣化したら取り返しがつかなくなるんだぞ。おまえの願いは聞き入れられない」

「お願いです、オルデリクス様」

「ふざけるな。人の決心を踏み躙《にじ》るようなことを言うな」

「それならぼくだって……！」

とうとう心の枷が外れる。言ってはいけないとわかっていても止められない。

「ぼくがなんの考えもなしにこんなことを言っているとお思いですか。ぼくは、あなただから……オルデリクス様だから触れたい。ひとつになりたいと思っています」

「ツムギ……」

噛み締めるように名を呼ばれ、心臓に杭《くい》を打たれたように苦しくなった。

こんなふうに呼んでもらえるのも今日が最後だ。こんなふうに見つめていられるのも。傍にいられるのも。だから。

「あなたがほしい。心も身体も全部ください。今夜だけで構いませんから」

「な…」

「お願いです。――ぼくを愛して」

「この……バカが……っ！」

強い力で引き寄せられたかと思うと噛みつくように唇を塞がれる。そのまま冷たい窓に押し当てられて、真上から思うさま貪られた。

「……っ、……ふ…、……」

感情をぶつけるような容赦のないくちづけに息もできない。彼の匂い、彼のぬくもり、そして彼の性急な愛撫に心臓は壊れそうなほど早鐘を打った。

――オルデリクス様……。

何度くちづけを交わしたってこんな気持ちになったことは一度もなかった。うれしくてうれしくてたまらないのに張り裂けそうに胸が痛い。ありったけ全部を差し出したいのに気持ちだけが置き去りになる。

「……っ、……」

それでも。

それでも、うれしかった。触れてもらえて、愛してもらえて。明日にはすべてなかったことになったとしても、今だけは泣きたいくらいにうれしかった。

だから忘れないでいよう。このすべてを忘れないでいよう。愛《いと》しい人の熱を、息遣いを、そのすべてを覚えておこう。これから先ひとりになっても彼を思い出せるように。

「……、……っ、………」

オルデリクスがしてくれることに神経を張り詰め、声を殺しながら身を任せる。

室内には絹のサッシュを解くシュルシュルという音だけが響いた。それが床に投げ捨てられるやブラウスを捲られ、下着ごとズボンを下ろされる。片方の足を抜かれたと思うと胸まで高々と持ち上げられ、彼の前に芯を持ちはじめた雄《おす》を晒した。

「……ぁ、……」

ひんやりとした空気に触れて自身が熱く熱を孕む。ドクドクと脈打つ雄はオルデリクスの視線を感じてさらに硬度を増していった。

恥ずかしくてたまらないけれど、全身で求めているのだと伝えられるならいくらでも。己の欲深さも、浅ましさも、みっともなさすら残らず晒してしまいたかった。

――オルデリクス様……。

心の中で何度も愛しい名を噛み締める。

――ぼくを、愛してください。あなたがほしい…………。

言葉で、身体で、そしてなにより雄弁な眼差しで訴え続ける紬に、頭上からくぐもった声が降った。

けれどオルデリクスの表情を確かめる間もなく性急に腰を引き寄せられ、いつの間に前を寛げていたのか、剥き出しの下肢が密着する。

「あ…」

秘所に熱いものが押し当てられ、それが猛ったオルデリクス自身だと気づいた瞬間、後孔が期待に戦慄いた。彼が欲情してくれている。自分をほしいと思ってくれている。わずかな昂奮を糧としたただの生理現象だったとしても、今だけは愛してくれるためだと思いたかった。

「挿れるぞ」

耳元で低く囁かれ、小さく頷いたと同時に熱い切っ先がめりこんでくる。慣らしもせず、不安定な体勢での挿入は覚悟していた以上の衝撃を紬にもたらした。

「――――、っ……」

はじめてオルデリクスを受け入れた時でさえこんなに苦しくなかった。汗がドッと噴き出してきて、全身が痙攣《けいれん》したようにガクガクとふるえる。それでもやめてほしくなくて、少しも興醒《きょうざ》めさせたくなくて、紬は身体の力を抜くために懸命に呼吸をくり返した。

どんなに痛くても、苦しくても、ひとつになれたよろこびに勝るものはない。今だけは彼のものだと、そして今だけは自分のものだと思えるだけで充分だった。

——うれしい………。

もうなにもいらない。これ以上なにもいらない。

心からそう思うのに、どうしてだろう、もとに戻れなくなればいいのにと思ってしまう自分がいる。獣人として、一生オルデリクスの傍にいられたらどんなにかと。

わかっている。過ぎた望みだ。分不相応な我儘だ。そんなことを願ってはいけない。

——それでも……！

どうにもならない思いに頭の中がぐちゃぐちゃになる。気づいた時には熱いものが頬を伝った。

一度こぼれ落ちた涙は、やがて堰を切ったように後から後から頬を濡らす。さりげなく下を向いたつもりだったのに、それより早くオルデリクスの手がそれを止めた。

「泣いているのか」

「い…、いえ、これは……」

なんでもないんです、と続けた声は、けれどふるえていたせいでみっともないほど上擦った。たまらず目を伏せる紬の額に、瞼の上に、次々と触れるだけのキスが降る。節くれ立った手が思い出したように髪を梳き、そのまま細い背中を抱き締めてくれた。

「ど…、して……」

そんなこと、しなくていいのに。

好きなようにしていいのだと訴えてもオルデリクスに聞き入れるつもりはないらしく、ますます腕の力を強くする。そうしていると触れ合ったところから彼のやさしさが流れこんでくるようで、少しも余すところなく受け取るために紬はそっと目を閉じた。

「すまなかった。……俺は、おまえを傷つけてばかりだ」

思いがけない言葉に弾かれたように顔を上げる。少しも誤解してほしくなくて、紬は懸命に首をふった。

「いいえ。オルデリクス様は、ぼくにやさしくしてばかりです」

気に病むことなんてなにもない。自分はこんなにもうれしいのだから。

安心してほしくて笑ってみたけれど、オルデリクスは顔を歪めるばかりだった。

「ツムギ」

名を呼ばれ、心臓がドクンと跳ねる。甘やかななにかが鼓動に乗って身体の隅々にまで広がっていく。

「オルデリクス様……」

「ツムギ……、ツムギ……」

譫言《うわごと》のように互いを呼びながらゆるやかな抽挿がはじまった。

小休止を経て落ち着いた身体がゆっくりとオルデリクスに馴染んでいく。腰を引かれては名残惜しく彼を追い、突き入れられてはもっともっととねだるように食み締めた。

やがて大胆に追い上げられる頃には、痛みを凌駕《りょうが》するほどの快感に頭の中が白く煙る。

抽挿の途中で自身から精が噴き出した時もまるで制御が効かなかった。

「あ、あ、あ……、や……、ぁ………」

極めている最中にも深く穿たれ、最奥までいっぱいにされて、強すぎる快楽にこのままではなにもわからなくなってしまう。紬は必死に腕を伸ばして逞しい胸に縋った。

「オル…、デ、リクス……さま、……」

全部覚えておかなければ。彼の熱も、匂いも、なにもかも。

だって明日になったらすべてが終わる。なにもなかった頃に戻ってしまう。

勇敢なるローゼンリヒトの獅子王、オルデリクス。偉大な国の守護神であり、民の心の拠り所だ。そんな人と、ほんの一時でもともにいられたことを生涯の宝物にしなければ。

「あ……、ぁっ――……」

「くっ……」

強引に高みに押し上げられたと同時に、最奥でも熱い飛沫《しぶき》を受け止める。彼から注がれる欲望の証に隘路はビクビクとうねりながらよろこんだ。

「も、っと……」

肩で息をしながら紬は中にいるオルデリクスを食み締める。

頭上から低くくぐもった声が落ちたかと思うと、床に着いている方の足も無理やり抱え上げられた。背中を窓で支えただけの不安定な体勢で両足を大きく広げられ、深々と突き刺さったオルデリクス自身に穿たれる。少し動かれただけでも中に出された白濁があふれ、とろとろと尻を伝った。

「オル、……リ、クスさま……、もっと……も、っと……」

一生消えない楔になるまで。

この身体が獣に変わるまで。

言葉にできない愛の代わりに想いをこめてくちづける。

けれど、限界を超えた肉体はそれ以上を許さず、蝋燭《ろうそく》の炎をふっと吹き消すようにして紬の意識を奪っていった。


うっすらと目を開いてから、自分が眠っていたことに気がついた。

身体の奥に残る違和感に引き摺られるようにして昨夜のことを思い出す。

――そう、だ……。

彼とひとつになった。くり返しくり返し、なにもわからなくなるくらいまで。その彼はとうに意識が途切れた自分をベッドに運んでくれたのはオルデリクスだろう。どこかへ行ってしまったのか、シーツは他人行儀にひんやりとしていた。

名残を追いかけるようにオルデリクスの匂いのするブランケットをそっと撫でる。

その手はあいかわらず人のままで、身体のどこにも望んだ獣化の兆候《ちょうこう》はなかった。

「……そっか」

奇跡は、起こらなかった。

――でも、それで良かったんだ。

自分が獣人になっていたら余計迷惑をかけただろうから。がっかりする気持ちがないわけではないけれど、これできっぱり諦めもついた。

「これからのことを考えよう」

大きく深呼吸すると、紬はベッドの上に身を起こす。

オルデリクスは自分をイシュテヴァルダ王に託すと言ってくれたけれど、国同士の調整ともなればそう簡単にはいかないだろう。敵国と一触即発のこの状況で彼を頼るわけにはいかない。自分でなんとかしなければ。

オルデリクスの傍でないなら自分にとってはどこも同じだ。ローゼンリヒトだろうと、イシュテヴァルダだろうと、オルデリクスに会えないことに変わりはない。

もとの世界のことがチラと頭を過ぎったが、あちらに戻ったが最後、二度とこちらには来られないだろうと想像がついた。

それならせめて、オルデリクスの気配を感じていられるローゼンリヒトの片隅にいたい。風の噂で王の話を耳にすることができる場所で遠くから彼を想っていたい。ダスティンたちが城の外まで追ってくるならそれまでだと腹を括ろう。自分はこの国にいたい。オルデリクスの治める、この薔薇の国に――。

ひとり考えに耽《ふけ》っていた時だ。

部屋にノックの音が響いたかと思うと、返事も待たずにドアが開く。

「チー！」

飛びこんできたアスランは、驚きに目を丸くする紬のもとへ一直線に駆け寄ってきた。

「チー、おはようって、いいにきた」

「そうだったの。……おはよう、アスラン」

メッシュの混じったやわらかな髪を撫でてやると、アスランは得意げに胸を反らせる。

その後ろからオルデリクスも入ってきた。

「目が覚めたか。食事を持ってきた」

「食事？　ですか……？」

一瞬、聞き間違いかときょとんとなる。

けれど彼が押しているのはどう見てもティートローリーだ。片方の皿に載っているのはオープンサンド、もう片方の深皿はスープだろうか。おいしそうな香りまで漂ってきて、ついつい空腹の胃がぐうっと鳴った。

「チー、みて！　これ！」

アスランがスープ皿を指す。果実を使ったものだろうか、顔を近づけるとほんのりと甘い香りがした。

「これ、もしかして……」

「りんご！」

なんと、あの林檎のスープだそうだ。アスランの食事係になって最初に作ってあげたものだった。思えば、これをきっかけに偏食王子はさらに懐いてくれたのだっけ。

「とうさまが、つくった」

「えっ？」

驚いて見上げると、オルデリクスは目を泳がせながら「アスランにせがまれて、一緒にな」と思いがけない答えをよこした。

なんでも、早朝に目を覚ましたオルデリクスは、紬を起こさぬよう朝の散歩に出た先でアスランと乳母に出会ったのだそうだ。大好きな父親ともっと過ごしたいとアスランにねだられるまま一緒に調理塔に向い、ふたりで慣れない料理をすることになったという。

調理に当たっては料理人たちも大いに手を貸したようだが、工程のほとんどをふたりが担《にな》ったという。王族の食事は専属の食事係が作ることになっている。それがまさか、王や王子に料理の手解きをすることになるとは彼らも夢にも思わなかっただろう。

「それは見たかったなぁ。楽しかったですか」

「たのしかったよ！　ね、とうさま！」

「そうだな」

全身でよろこびを表すアスランを、オルデリクスは目を細めて見下ろしている。

自分がいなくなった後、アスランは紬を探すと駄々を捏ねるかもしれないし、寂しいと泣きじゃくるかもしれない。

――もう、大丈夫だね。

けれど今の彼にはやさしい父親がいる。顔色を窺っていた頃とは違うのだ。これからはオルデリクスに存分に甘えながら、その生き様を目標にしながら、彼もまたこの国を担うものとして立派に成長していくだろう。

それを傍で見守ることができないのは残念だけれど、どうか、いつまでもこんなふうに親子仲良く暮らしてほしい。それこそが自分の最後の望みだ。

「チー……？」

ぼんやりしてしまっていたのか、名を呼ばれてはっと我に返った。

「あ、ごめんね。なんでもないよ」

「りんご、りんご」

アスランは紬が食べるのを待ちきれないようで、自ら「あーん」をしてくれるらしい。

オルデリクスに手伝ってもらってベッドの上に上がった彼は、実に真剣な顔でスプーンを操り、そろそろと林檎のスープを一匙掬った。

「あー」

いただきます、とオルデリクスに目礼してから差し出されたスプーンをぱくりと咥える。その途端、林檎の爽やかな酸味とやさしい甘味が口いっぱいに広がった。

「わ！　おいしい！」

「アシュね、まぜた」

アスランは実に得意げだ。

「あとね、あじみもした」

「たくさん食べたな」

隣でオルデリクスが苦笑している。甘いものが大好きなアスランの一番のお気に入りが林檎だ。大好物のスープを前に我慢できなかったのだろう。

それを大切に飲み干した後で、今度はオープンサンドに手をつけた。

薄く切ったライ麦パンに肉や果物が載せられている。ローストした鹿肉が焦げていたり、オレンジの形が不揃いだったりもしたけれど、だからこそオルデリクスが一生懸命作ってくれたことが伝わってきた。

料理なんて生まれてはじめてだったろう。剣や槍は構えても、包丁を握ったことなんてなかっただろうに。

――それでも作ってくれたんだ。オルデリクス様が、ぼくのために……。

じわじわと熱いものがこみ上げてくる。愛する人の手料理は人生で一番のご馳走だ。

――おいしい…………。

喉の奥がぐうっと詰まる。一口一口、噛み締めるうちに胸がいっぱいになってしまい、言葉にできない代わりに涙がこぼれた。

「チー……？　どうしたの？　かなしいの？」

アスランが心配そうに顔を覗きこんでくる。

はっと我に返った紬はにっこり笑って首をふった。

「ううん、なんでもないよ。すごくおいしくって、びっくりしちゃった」

「びっくりしたから、かなしいの？」

「ううん。大丈夫。悲しくなんかないんだよ」

こちらを見るオルデリクスはなにかをこらえるように顔を歪めている。

アスランが小さな手で一生懸命涙を拭ってくれるのがうれしくて、紬は幼子《おさなご》をぎゅっと抱き締め、そのやわらかな髪に頬摺りした。

「ありがとう、アスラン。大好き」

――どうか元気でいてね。とうさまを大事にしてね。

思いをこめて額にそっとくちづける。

照れくさそうに笑ったアスランは迎えにきたミレーネに連れられ、名残惜しそうにしながら出ていった。

最後の一口を食べ終えて、紬はあらためてオルデリクスに向き合う。

「おいしい朝ごはんをありがとうございました」

「おまえには食事や菓子を作ってもらった。同じことで返せればと」

それを聞いてはっとなる。だから『料理』だったのだ。もしかしたら、彼はそのために早く起きたのかもしれない。

「……感謝の言葉もありません。最後の最後までしあわせなことばかりでした」

こんなにまでしてもらったら、もう思い残すことなんてなにもない。

あたたかく満たされた心のまま紬はまっすぐにオルデリクスを見上げた。

「支度をして、すぐに城を出ます」

「な……」

「援助などのお申し出もいただきましたが、お気持ちだけ受け取らせていただきますね。ひとりでなんとかやっていけると思いますから」

「ツムギ」

「お世話になりました。ありがとうございました」

「待て！」

紬が頭を下げたのと、オルデリクスが声を荒げたのは同時だった。

「どこへ行く。おまえの安全が確保されていないところへなどやれぬ。おまえの居場所がわからなくなるなど許せるわけがない」

「いいえ。オルデリクス様。あなたの許嫁でなくなったぼくはただの余所者です。王は、常に臣民に平等でなければ。ぼくだけを特別扱いしてはいけません」

オルデリクスが言葉を詰まらせる。今、彼の頭の中では様々なことが巡っているだろう。

しばらくして、彼は諦念ともいえるようなため息をついた。

「おまえの名は、人と人、ものとものとをつなぐものだと言っていたな。おまえの心に、俺もつなげられたらどんなにいいだろう」

「え？」

「……いや。それとて俺の我儘だ。おまえを束縛していたいがための」

オルデリクスが力なく首をふる。

「心などとうになくしたと思っていたが、おまえといるうちにわずかに残っていることに気がついた。そうでなければこんなに胸が痛むはずがない。取り出して見せてやりたいくらいだ。それぐらい、おまえのおかげで俺は変わった。自分でも誤魔化せないほどに……。ツムギ、おまえには感謝している。礼を言う」

「お礼なんて、そんな」

「おまえには辛い思いばかりさせたな。アスランが懐いたのをいいことに食事係にさせておまえをここに引き留めた。記憶を取り戻したいと言えば取り引きを迫り、逃げられないよう凌辱《りょうじょく》もした。もはや詫びる言葉もない」

「オルデリクス様……」

うまい言葉が見つからないまま紬は大きく首をふった。

「詫びるだなんて言わないでください。オルデリクス様が謝ることなんてありません」

「だが俺は、おまえに……」

「ぼくに役目を与え、寝床を与え、居場所を作ってくださいました。オルデリクス様はぼくの命の恩人です」

「なぜ、そうまで思える。大変な思いもしただろう」

「ここで過ごした時間が愛おしいからです。……だからなくすのが惜しい。ぼくはとても臆病《おくびょう》になっています。きっと死ぬより辛いことです」

「ツムギ」

「大切なものをなくすほど辛いことはないでしょう。ご両親やフレデリクス様を亡くしたオルデリクス様ならわかっていただけるのではないですか」

オルデリクスがはっと息を呑む。その眼差しがじりじりと熱を帯びていくのを紬はただ言葉もなく見つめるばかりだ。

「おまえにとって大切なものとはなにか、訊いてもいいか」

「……っ」

とっさにその名を叫んでしまいそうになり、紬は自戒に唇を噛んだ。

言ってはいけない。打ちあけてはいけない。

「……困らせてすまなかった。俺はまた無理を通そうとしたな」

弾かれたように顔を上げると、オルデリクスはすべてを腹に収めたような、おだやかな表情をしていた。

「大切なものをなくすのは辛い。だが、心の中には在り続ける。……おまえが大切に思うものと、末永くしあわせであるように」

「————!」

なんということを。なんということを言うのだ。そんなにもやさしい顔で。

怒りとやりきれなさにぶるぶると身体がふるえる。もう耐えられない。黙ってなんていられない。どんなに困らせてしまうとしてもこの想いをぶつけてしまいたい。

「オルデリクス様」

意を決して名を呼んだ、まさにその時だ。

「オルデリクス！」

バタバタと足音を立てながら、ギルニスと従者が慌ただしく駆けこんできた。

「大変だ。ゲルヘムで狼煙《のろし》が上がった」

「なんだと」

オルデリクスが一瞬で王の顔になる。

すぐさま彼の世話係がふたりやってくると、隣室で戦闘のための身支度がはじまった。

緊迫した空気の中、黒い軍服に袖を通しながらオルデリクスは苛立ちを隠しもせずギルニスと話しこんでいる。無理もない。隣国には考え得る限り寛大な措置を講じてきた。

その一例が捕虜《ほりょ》の全員解放だ。

先日の小競り合いで捕虜となった龍人たちの身柄を隣国に引き渡すことと引き替えに、一方的に戦いを仕掛けてきたゲルヘムには制裁を課した。だがそれとて領土や金品を要求するわけでもなく、当面の間は自由な行き来を禁じ、それを破った場合には相応の処分を行うという寛容なものだ。

さらには、両国間で商いをしていた商売人たちが生活に困らぬよう、国が認めた範囲で緩和策も講じたし、ローゼンリヒト軍が仲介を請け負って最低限のやり取りはできるよう取り計らってもいたのだ。

「よくも狼煙など……」

「それが、いつもとは事情が違うようだ」

ギルニスが顔を顰める。

富と権力を独占し、力で民衆をねじ伏せてきた王室にとうとう国民が反旗を翻したのだという。兵士たちは剣や槍を手に、武器を持たない民衆たちはデモ隊を組んで王宮に押し寄せ、あるいは手当たり次第に暴れ回って、反王政の暴徒と化しているのだそうだ。

「革命か」

「そのようだ。こっちにまで押し寄せてきてる」

「バーゼル川を渡ったのか！」

「混乱に乗じてやりたい放題やるのはやつらの常套手段だ。自分たちの問題は自分たちで片づけろと教えてやらなきゃならないようだな」

なだれこんできた敵兵とそれを阻む警備隊で国境付近は阿鼻叫喚の様相を呈しているとの速報にオルデリクスは忌々しげに顔を歪め、直ちに出撃だと大声で命じた。

「ゲルヘム……今度という今度は容赦しない。ローゼンリヒトに諍いを持ちこんだことを死ぬほど後悔させてやる」

オルデリクスの凄まじい怒気が隣室にまで伝わってくる。今度という今度はギルニスも止めるつもりはないようで、厳しい顔で頷いた。

城内が緊迫感に包まれる。女子供は慌ただしく避難をはじめ、男たちは戦闘に赴くもの、城を守るものの二手に分かれて持ち場へと散っていった。

「オルデリクス、急ごう。おまえたちも配置につけ」

ギルニスがそう言って一足先に部屋を出ていく。従者や世話係たちも後に続き、最後にオルデリクスも慌ただしくドアに向いかけたが、なにを思ったか足を止め、もう一度紬の前まで戻ってきた。

「こうなるとわかっていたらもっと早く手を打てたものを……。すべては最後までおまえとつながりを保ちたかった俺の責任だ。安全なところへ連れていくどころか、なにひとつ約束を果たせないことをどうか許せ」

「オルデリクス様……」

「これで別れだ、ツムギ。おまえを置いたままでは戦場に行けぬ。だからおまえも今すぐ城を出るんだ。いいか、川へは決して近づくな。まっすぐにダガート山脈に向かった後は山に沿うように左に大きく迂回《うかい》しろ。そうすればいつかはイシュテヴァルダに辿り着く。決して後ろをふり返るな。おまえはおまえのことだけを考えて進め」

矢継ぎ早に捲し立てられ、心臓が不安にドクドクと高鳴る。国の一大事にもかかわらず、どさくさに紛れて逃げるなんてと訴えてみたが、オルデリクスは首をふるばかりだった。

「誰もおまえを責めたりしない。そんなことは俺が許さない。だからおまえは一刻も早く安全なところへ逃げるんだ。……どうか生き延びてくれ。生きていればまた再び会うこともあるかもしれぬ。それだけが俺の願いだ」

「そんな」

「これより他におまえを守る術がない。置いていくことも、連れていくこともできない。……頼む。わかってくれ」

大きな手に両側から頬を包まれる。

「ツムギ、…………」

声もなく唇が動いたかと思うと、触れるだけのキスが落ちた。

踵を返したオルデリクスはふり返ることなく部屋を出ていく。遠ざかる足音を聞きながら紬は絶望に唇を噛んだ。

——こんなことになるなんて……。

窓の向こうには獣化したローゼンリヒト軍が濛々と土煙を上げながら城の正門を潜っていくのが見える。一行が通過するや、すぐさま跳ね橋が上がった。城への侵入口を塞いで敵からの襲来に備えるのだ。

こみ上げる喪失感に耐えきれず、紬は両手で顔を覆う。

「ツムギ様」

名を呼ばれ、はっとして顔を上げるとそこにはリートが立っていた。

「オルデリクス様から申しつかりました。国境までお伴《とも》させていただきます」

「え？　でも、用意がなにも……」

「一刻を争う事態です。お荷物は諦めてください。せめてお召し替えだけでも」

失礼します、とリートが腕を伸ばしてくる。呆然とするままの紬の寝間着を脱がすと、慣れた手つきでいつもの衣装を着つけてくれた。

「リートは行かないの？」

「ぼくは草食動物なのでギルニスさんたちのように戦うことができません。その代わり、ここを守る役目があります。この命に代えてもツムギ様を安全な場所までご案内します」

それがオルデリクス様のご命令ですから。

つけ加えられた言葉を聞いて胸がぎゅっと痛くなる。気づいた時には思いきりリートを抱き締めていた。

「最後まで面倒かけてごめんね。ありがとう。大好きだよ、リート」

「ぼくもです。もっとお傍でお仕えしたかったです」

「皆にも、ごめんなさいって伝えてね。ジルにも、ミレーネにも、エウロパさんにも……アスランに、ギルニスに、そして……オルデリクス様にも」

「わかりました。必ず」

もう一度硬い抱擁を交わし、従者の顔に戻ったリートに急かされるままドアに向かう。

だが、そこには招かざる客が立っていた。

「……ダスティン様………」

ドアノブを掴んだまま呆然とリートが呟く。

「後方隊として出撃されたのでは……？」

「革命軍など我々が出ずとも押さえられるはず。いいや、それぐらいのことができずして王の器を語るなど笑止」

ニヤリと笑うのを見て全身から血の気が引いた。

先陣を切って出ていったオルデリクスから後方隊を任されているにもかかわらず、彼は後に続かないどころか、行く気もないと言っているのだ。それでは先鋒隊《せんぽうたい》が後ろから敵に囲まれたらどうする。もしも挟み撃ちにされたとしたら。

目を瞠る紬に、ダスティンは勝ち誇ったように鼻を鳴らした。

「おまえのせいでだいぶ計画は変わったが、これで万事うまくいく。礼を言わねばならぬやもしれんな」

取り巻きたちがニヤニヤと厭な笑みを浮かべている。

「どういう…、意味ですか」

「なに。人間ごときに骨抜きにされた王など不要ということだ。この国にはもっと支配者にふさわしいものがいる。この私のようにな」

動揺する紬に、ダスティンはさらに衝撃的な事実を明かした。

龍人たちを唆したのは彼らだったというのだ。騒ぎを起こしてオルデリクスを誘い出し、その間に王の宝を狙う。それを龍人たちに引き渡してオルデリクスと交渉させ、返却の代償として廃位《はいい》させるとともに、空いた玉座にはダスティン自らが就く計画なのだと聞いて愕然とした。

「でも、今回は革命だって……」

ギルニスは確かにそう言っていた。反王政の気運が高まったために起きた暴動だと。

「そんなもの、ただの建前に決まっておろう。もともと血の気の多い種族だ。この機会に憂《う》さ晴らしを兼ねて龍人たちを暴れさせるのがゲルヘム王の目的なのだ。その結果、因縁《いんねん》のローゼンリヒト王を退位させたとなれば隣国の王も面目躍如《めんもくやくじょ》というもの」

「そんな………」

すべて仕組まれたことだったなんて。オルデリクスが命懸けで守ろうとしている国を、内側から蝕むものがいたなんて。

ぶるぶるとふるえる両手を握り締めながら紬は懸命にダスティンを見上げた。

「王には、民の命を守る務めがあります。個人的な事情でふり回してはいけません」

「なんだ。この私に意見しようというのか」

「お願いです。今すぐ戦いをやめさせてください。オルデリクス様はこれまでも、これからも、ずっと立派なこの国の王です。ぼくならすぐに出ていきますから」

「なるほど、身を挺して王を守るか。美談だな。……だが、今となっては出ていかれては困るのだ。おまえには役に立ってもらわねば」

ダスティンがクイと顎を決《しゃく》るや、後ろにいた男たちがどやどやと部屋に傾れこんでくる。

彼らは手はじめに一番近くにいたリートを羽交《はが》い締めにした。

「ちょっ、なにをするんですか。やめっ……」

「リート!」

あっという間に紬も拘束される。

「ツムギ様をどうする気です！　オルデリクス様の許嫁でいらっしゃった方ですよ！」

「だからこそ利用価値があるというものだ」

ダスティンはにやりと嗤うと男のひとりに目配せした。彼は暴れる世話係の腹を殴っておとなしくさせるなり軽々と肩に担《かつ》ぎ上げる。リートは気絶してしまったのか、ピクリとも動かなくなった。

「連れていけ」

「はっ」

「リート！　リートをどこに連れていくんです！」

紬の叫びなどまるで届かない。目の前で連れ去られていくリートを助けようと藻掻《もが》いたものの、両脇からがっちりと押さえつけられていて身動きひとつできなかった。

不安と恐怖に心臓がバクバクと音を立てる。

取り返しのつかない事態に頭の中が真っ白になる。

――――どうしよう。どうしたら……。

自分のせいでリートを危険な目に遭わせてしまった。殴られたところはどれだけ痛かっただろう。目を覚まして彼はどれほど怖い思いをするだろう。考えただけでも怖ろしさに胃の腑《ふ》が竦んだ。

呆然とする紬を前に、ダスティンが下卑《げび》た笑みを浮かべる。

「どうだ。自分のせいで罪のない仲間が始末される気分は」

「リートをどうする気です！」

「おまえ次第、とでも言っておこう。せいぜい私の役に立て」

「ぐっ…」

乱暴に胸倉を掴み上げられ、息苦しさに呻《うめ》いたところで力任せに床に叩きつけられる。

あっという間に全身を汚い布で覆われ、まるで粗大ゴミでも扱うように担ぎ上げられた。

「急いで備蓄食料を上階へ！　手が空いているものは薪《たきぎ》を運べ！」

「窓を封鎖しろ。板を打ちつけて夜に備えろ！」

皆が戦闘準備に奔走する中を淡々と運ばれる。薄汚れた布の中身が王の元許嫁だなんて
気づくものは誰もいない。

かなり長い階段を下りたのか、周囲の空気がひんやり重たくなったと気づくと同時に、
ギイイ、と鉄が軋むような音がして乱暴に床に投げ捨てられた。

「痛、っ……」

強引に布を剥ぎ取られ、代わりに冷たい足枷を嵌められる。周囲を見回した紬はあまり

のことに絶句した。どこもかしこも石の壁で覆われていたからだ。

「劣等種には似合いの場所だな」

すぐ横でダスティンが薄ら笑いを浮かべている。

「ここは主塔の地下牢だ。どうだ、最上階から最下層へ堕ちた心持ちは。辛うじて空気孔が開いている他は地上への出口もない。言っておくが、泣いても誰も助けには来ないぞ。ただでさえこの事態だからな」

「どうして……こんな……」

「どうしてだと？　それをおまえが訊くのか、傾国《けいこく》の美男よ」

ダスティンは肩を竦め、呆れたように鼻を鳴らした。

「人ごときに国を乗っ取られるわけにはいかんのでな。この私がローゼンリヒトを救ってやるのだ。感謝してもらいたいくらいだ」

「な…」

「ここでおとなしくしていろ。じきにゲルヘムの迎えがくる。せいぜい陛下の情に訴えて即座に退位してもらえるよう取り計らえ。その後のことは私がなんとでもしてやる」

紬に人質として役に立てと言っているのだ。とても承服できる内容ではなかった。

「お断りします。絶対に、あなたの思うとおりになんてならない」

「ほう……？　この期に及んでこの私に手間をかけさせる気か。それとも気性の荒い龍人たちに食《く》い殺されたいのか」

「どんな目に遭おうとも、オルデリクス様の不利益になることはぼくはしません。殺されたって構いません」

ダスティンが不愉快そうに目を眇める。以前なら竦み上がっただろう冷たい眼差しを、紬は正面から睨み返した。

「強情な男だ。痛めつけて言うことを聞かせてやってもいいが……」

取り巻きのひとりがダスティンの耳元でなにかを囁く。吹きこまれた計略がよほど気に入ったのか、ダスティンは再び笑みを取り戻した。

「良いことを思いついた。ゲルヘムにはおまえの死体を渡すことにしよう。陛下にはなにも報せずに交渉させるのだ。玉座まで手放して、やっとの思いで取り戻したのが元許嫁の遺体だと知ったら陛下はどのようなお顔をされるであろうか。あぁ、早く見たいものだ」

「……っ」

――最低だ………。

怒りのあまり言葉にならず、わなわなとふるえる紬をダスティンとその取り巻きたちはおかしそうに嘲笑う。

「ここで死を待て。それがおまえの最後の仕事だ」

ガチャン！　と音を立てて檻を閉めるなり、彼らは高笑いとともに行ってしまった。

狭い石牢に残され、やり場のない怒りに鉄格子を睨みつける。

けれど、冷静さを取り戻すに従って事態を把握しなければと意識が変わった。

「落ち着かなくちゃ……」

そして考えるのだ。現状を打破するために。

冷たい石に少しでも体温を奪われないよう体育座りをして膝を抱える。

今、城は緊急事態に直面している。普段なら傍にいてくれるリートも連れていかれてしまったきりだ。ギルニスはオルデリクスとともに出陣している。エウロパは城に残っているだろうが、医師として、そして参謀として軍議に詰めているはずだ。ジルもミレーネもアスランを避難させるので精いっぱいだろう。

紬の安否《あんぴ》まで気にかける余裕のあるものなどいない。

運良く誰かが気づいてくれたとして、城の中のどこを探しても見つからないとなれば、この国を見捨ててさっさと逃げ出したと思われるのがオチだ。あるいはダスティンたちが嘘を吹聴して回るかもしれない。そうしたら探してももらえない。

生まれてはじめて、死というものが現実味を持って目の前に迫る。それでも感じたのは生きものとしての恐怖以上に、オルデリクスのことだった。

自分が死んだらダスティンたちにいいように利用される。そしてオルデリクスに最悪の形で退位を強いてしまう。

「それはだめだ。それだけは絶対に」

フレデリクス亡き後、命懸けでこの国を守ってきた人だ。誇り高きローゼンリヒト王の汚点にだけはなりたくない。

「でも、どうしたら……」

狭い石牢には通気口がある他はなにもない。鉄格子には錠前がつけられ、重たい足枷も嵌められている。いったいこれでどうやって逃げればいいのだろう。

必死に考え続けるものの、灯りひとつない地下牢は次第に思考力を奪っていく。弱った心に石の冷たさがひたひたと迫ってくるようで、徐々に体力もなくなっていった。

そうしてどれくらい経っただろう。

いつの間に眠っていたのか、床に倒れていた紬はゆっくりと身体を起こした。

正確にはわからないけれど、ゆうに半日以上は経ったと思う。その間訪れるものはなく、外の様子はまるでわからない。音も光も届かない世界に置き去りにされたまま、いよいよ死へのカウントダウンがはじまろうとしていた。

これまで経験したことのない焦燥感《しょうそうかん》に吐き気さえこみ上げる。
どうにもならない。どうしようもない。藻掻く術さえ見つけられない。
「オルデリクス様……………」
縋る思いでその名を呼んだ、その時だった。
――ウオオォォォン…………！
遠くから、微かに咆吼《ほうこう》が聞こえてくる。
――オオ……、オオオォォン…………！
ふたつの声が重なり合うようにして夜を劈《つんざ》いている。オルデリクスとアスランの声だと
すぐにわかった。
「……っ」
ふたりがいる。オルデリクスが。アスランが。
――ウオォォ……オオ――ォン…………！
力強い咆吼を聞いているうちに身体の奥から熱いものがこみ上げるのがわかった。
「行かなくちゃ……」
突き動かされるように立ち上がる。さっきまでそんな気力もなかったのが嘘のようだ。
ふたりの存在を感じただけで、生きたい、生きなければという気持ちが湧き起こった。

生きて、もう一度彼らに会いたい。こんなふうに別れたくない。せめてもう一度笑って言葉を交わすことができたなら――。

――ウォ――ン……！

昂ぶる思いのまま紬もまた声を上げる。吠え方なんてわからないから当てずっぽうだ。それでも思いきり息を吸いこみ、腹から声を出してオルデリクスの咆吼を真似た。

――オルデリクス様。オルデリクス様……！

どうかこの声が届きますように。

どうかこの願いが届きますように。

心の中で必死に唱えている間に、どこからか足音が近づいてくる気配がした。なにかが派手に壊れる音や、人の悲鳴らしきものも聞こえてくる。

自分を交渉材料にしようとしている龍人たちかもしれない。あるいは彼らに身柄を引き渡すダスティンの手下かもしれない。刃を交えるような音が響く中、生きた心地もせずふるえていると、ガシャン！という大きな音とともに鉄格子が揺れた。

「ツムギ！」

大声で名を呼ばれる。そこには鬼の形相をしたオルデリクスが立っていた。

「オルデリクス様……どうして、ここが……」

「俺が、おまえの声を聞き間違えるはずがない」

きっぱりと言いきられる。

軍服はあちこち破け、汚れ、ところどころ血に塗れている。美しかった髪は無残に乱れ、頬には鋭いもので切り裂いたような傷ができていた。大変な戦いを強いられたのだと一目でわかる。それでも、彼は来てくれた。

「オルデリクス様……」

その姿がみるみるうちに涙でぼやける。

鉄格子を開けて入ってきたオルデリクスに腕を引かれ、形振《なりふ》り構わず抱き締められて、紬からもひしと逞しい胸に縋った。

ほんとうにもう一度会えるなんて。

胸がいっぱいで言葉にならない。やがて腕の力をゆるめたオルデリクスが確かめるように顔を覗きこんでくる。

「すまなかった。怖い思いをさせたな」

「いいえ。オルデリクス様が来てくださいましたから」

そっと微笑むと、彼は一瞬泣き出しそうに顔を歪めた後で、すぐに表情を引き締めた。

「出よう」

足枷を外されたかと思うと、膝の裏に手を入れられ、横抱きに抱き上げられる。

「部屋に運ぶ。もう一秒だってこんなところにおまえを置いておきたくない」

「ぼ、ぼくなら歩けますから。オルデリクス様、お身体に障《さわ》ります」

「俺がそうしたいんだ。そうさせてくれ」

オルデリクスは頑として譲らず、石牢を出るなり足早に歩きはじめた。

途中、あちこちに倒れている輩にギョッとなる。中にはダスティンらの姿もあった。

「手引きをした連中だ。おまえには見せたくなかったが……許せ」

片づける時間すら惜しんだのだろう。それだけ急いで助けに来てくれたのだ。

最上階の私室に着くなりオルデリクスは紬をソファに下ろし、目の前に膝をついた。

「オ、オルデリクス様」

王ともあろうものがなにをしているのだと問う間もなく、オルデリクスが頭を下げる。

「おまえに詫びなければならない。大変な目に遭わせてしまった。すべて俺の責任だ」

「そ…、そんなことありません。どうか頭を上げてください」

肩に手を添えたものの、オルデリクスはそれを取るなり、縋り所に縋るかのように自らの額に押し当てた。

「すまなかった。おまえを危険な目に遭わせてしまった。もう少しでおまえを失うところだったなんて……そんなことになったら俺は一生自分で自分を許せなくなる。ほんとうに、ほんとうにすまなかった」

「オルデリクス様……」

両手で紬の手を握り、額に押し当てたままオルデリクスがひたすらに詫びる。その手がわずかにふるえていることに今さらながらに気がついて、紬ははっと息を呑んだ。

——オルデリクス様が、ふるえて……。

どんな戦いも勇んで出ていくような人が。

——もしかしたら、同じなのかもしれない。

自分が彼をなくしたくないと思うように、彼もそう思ってくれているのかもしれない。

「オルデリクス様。ぼくは、とてもうれしいです」

「……ツムギ？」

オルデリクスが静かに顔を上げる。こちらを見上げた琥珀の瞳は、紬の言葉を一言も聞き洩らすまいとするかのように揺れていた。

「ただでさえ戦いの最前線で命を賭けていらっしゃったでしょうに、ぼくのことまで気にしてくださって……助けに来てくださって、ほんとうにありがとうございました」

「ツムギ」

「こんなに怪我をされたんですね。服も、髪も……美しいお顔にも傷が……」

もう片方の手でそっとオルデリクスの頬を撫でる。

彼はくしゃりと顔を歪め、「こんなもの、なんでもない」と首をふった。

「おまえが生きていてくれさえすれば、こんなものはいくらでも」

「いいえ。いいえ、いけません。オルデリクス様は無事でいてくださらなくては」

「俺よりもおまえが」

「いいえ、オルデリクス様が」

互いに言葉を重ね合い、ふと顔を見合わせて苦笑が洩れる。

オルデリクスは握り締めていた両手を開き、紬の手の甲にキスを落とした。

「おまえが生きていて、ほんとうに良かった………」

顔を上げたオルデリクスは眩しいものを見るように目を細める。こうして見つめ合っているだけで眼差しに搦め捕られてしまいそうだ。痛みではないなにかがトクンとあふれ、身体中に広がっていった。

けれどややあって、オルデリクスが顔を曇らせる。

「ダスティンらが隣国と通じていたとは……。察知できなかったのは俺の不徳《ふとく》の致すところだ。今回の騒ぎを起こしたものたちはすでに身柄を拘束している。こんなことをしてもおまえの溜飲は下がらないだろうが、そのものたちには重い罰を与えること、そしてこのような結果を招いてしまった俺自身にも同じだけの罰を課すと誓う」

「い…、いけません。オルデリクス様。そんなことはしないでください」

「いいや。罪は裁《さば》かれねばならない」

「それでもどうか、お願いします。彼らの気持ちもわかるんです。ある日突然余所者がお城に棲《す》み着いて、国王陛下と親しくなったら嫌な気持ちにもなるんじゃないかって」

オルデリクスが真意を探るように目を眇める。

「おまえは、まだあいつらを許すのか」

「……今すぐには難しいかもしれません。でも、許すことは誰にでもできます」

それに、と一拍置くと、紬は記憶に焼きつける思いでオルデリクスを見つめた。

「どのみち、ぼくはここから出ていく身です。ぼくがいなくなればダスティンさんたちもきっと……」

「駄目だ！」

突然の大声に息を呑む。

驚いて目を瞠る紬に、オルデリクスは軋むほど強く手を握った。

「おまえは俺の傍にいろ。……いや、いてくれ。頼む」

「オルデリクス様……」

「今さら虫のいい話だとわかっている。だが、失いそうになってはじめて、どんなにおまえを必要としていたかを思い知った」

驚きのあまり言葉にならない。なにか言わなくてはと思うのに、口を開けたり閉めたりするばかりだ。

そんな紬に、オルデリクスは噛んで含めるように言葉を続けた。

「俺はおまえを守ると言った。そのために成すべきことがようやく見えたのだ。おまえに、争いのない平和な世の中を作ると約束しよう。ゲルヘムとの関係を改善し、周辺諸国とも協力し合い、国内はもとより城の中もすべて正常化して、おまえがどこにいても安心して暮らせる世界を作ろう。それこそが、俺がほんとうにやらなければならない使命だ」

一点の曇りもないまっすぐな眼差しを受け止めながら、紬は懸命に己を奮い立たせた。少しでも気を抜いたら高鳴る鼓動に負けて気を失ってしまいそうだった。

――どこにいても、安心して……。

それではまるで、生涯ここにいてくれと言っているようなものだ。

自分に都合のいいように受け取ってしまいそうになり目を伏せた紬だったが、つないでいた手を強く引かれ、立ち上がったオルデリクスの逞しい腕に抱き締められた。

「もう二度と危険な目に遭わせないと誓う。だからここにいてくれ。俺の傍にいてくれ。おまえなしでは生きられない。……ツムギ。愛している」

――愛している。

どこにもやらないというように強く強く抱き締められ、耳元でもう一度愛を囁かれて、信じられない思いに息が止まった。

――ほんとう、に……？

身分も種族もなにもかも違う、同じ男の自分を愛していると言ってくれた。おまえなしでは生きられないとまで。もう胸がいっぱい言葉にならない。戦慄《わなな》く唇を噛んでいないと声を上げて泣いてしまいそうだった。

「ツムギ」

やさしく名を呼ばれると同時にわずかに身体が離れていく。

とっさに追いかけるようにすると、頭上からは小さな含み笑いが降った。

「少し話をするだけだ。嫌でなければ聞いてくれるか」

「……はい。聞かせてください。オルデリクス様のこと」

オルデリクスは熱を帯びた目をうれしそうに細めると、紬にソファを勧め、自分も隣に腰を下ろしてゆっくりと話しはじめた。

「俺は長い間、自分から目を背けて生きてきた。物心つく頃には……いや、もしかしたら生まれてからずっとそうだったのかもしれないな」

憧れの兄に少しでも近づくため、子供らしさを捨て、王の右腕となるために生きてきた。

フレデリクス亡き後はその遺志を継ぎ、自らを投げ打って国を守った。

「弱みを見せるのは恥ずべき行為だ、王としての威厳を失ってはならないと頑《かたく》なに自分に言い聞かせていた。……今にして思えば俺はひどく混乱していたのだろうな。両親を失い、その上兄まで失って途方に暮れていた。間違ったことをしたとは思わないが、そのせいで歪んでしまったことは否《いな》めない」

私情を挟まぬ政策は国民の信頼を得、国に安定をもたらした。その代わり、ありのままの自分を認めてほしいという無音の叫びは省みられることもないまま置き去りになった。

「そんな時だ。おまえと出会ったのは……」

オルデリクスが懐かしそうに目を細める。

「俺が国王と知りながら、おまえはいつもまっすぐにぶつかってきた。あんなに向かってきたのはおまえぐらいのものだ」

「す、すみません……」

慌てて謝ると、オルデリクスはわずかに口角を上げながら首をふった。

「正直なところ、耳が痛い言葉もあった。……だが、そのおかげで目が覚めた。おまえが本音で向き合ってくれたからだろうな。国王である前に、ひとりの男であれと教えられた。おまえが俺の心と話をしてくれたおかげだ」

硬く強張っていた心を解きほぐすのは容易《ようい》ではなかった。人間の男に入れあげるなどと何度も自問自答をしたし、気も漫《そぞ》ろになって失政《しっせい》でもしたらと不安は尽きなかった。

それでも、とオルデリクスはしみじみと続ける。

「自分が別人のようになっていくのは怖くもあり、おかしくもあった。誰かの存在が己をこうも変えるものかと」

紬の裏表のないまっすぐさに驚き、あかるい笑顔に胸が高鳴り、おいしい料理に気持ちが和《なご》んだ。いつしか失ったはずの心が少しずつ甦っていることに気がついたという。

彼の中に棲んでいた自分というものをはじめて見せられ、怖いほどに心が揺れた。

けれど、オルデリクスはすぐに顔を曇らせる。

紬が命を狙われていると知った時のことを思い返し、罪悪感に囚われているのだろう。

自ら手放すことを決めた時はしばらくふるえが止まらなかったとオルデリクスは静かに打ちあけた。

「式の中止を伝えた時、おまえは傷ついた顔をしていたな。俺と同じ思いではないのかとそんな時でさえ期待してしまう自分がいた」

だから紬から「思い出がほしい」と言われた時は想いが透けて見えたのかと狼狽《うろた》えたし、うれしくも、またそう思ってしまう己が腹立たしくもあったという。

「二度目もひどい抱き方をした。それなのにおまえは『やさしくしてばかり』と……。翌朝、まだ眠っているおまえを見て涙が出そうになったのを覚えている。愛しさと苦しさで頭がおかしくなりそうだった」

いっそこのまま閉じこめてしまおうか。それとも命ごと自分のものにしてしまおうか。そんな考えさえ頭を過ぎったという。

「だが、馬鹿げた欲などすぐにどこかへ飛んでいった。おまえがうれしそうに笑ったのだ。無体を強いられたにも拘わらず、無邪気な寝顔で……」

その瞬間、熱いものがこみ上げた。これまで誰に対しても覚えたことのないほどの強い感情に突き動かされ、オルデリクスの腹が決まった——自分は、どうしようもないほど紬を愛しているのだ、と。

「この先誰と出会っても同じようには思えないだろう。ならば、そんな相手に巡り会えたことを誇りにしようと決めた」

紬への想いを心の支えに生きていくことを決意し、戦いに赴いたオルデリクスだったが、革命軍の残党を始末し首謀者《しゅぼうしゃ》を捕らえて帰還したところではじめて紬が捕らえられたことを知った。ダスティンたち後方部隊がついてきていないことには気づいていたが、そのために作戦変更を余儀《よぎ》なくされ、とても城の様子まで気にかける余裕はなかったのだ。

「自ら後方部隊に志願したダスティンらをもっとよく見ておくべきだった。おまえが本棚に押し潰されかけた時、厳重注意のみで刑罰を免除《めんじょ》した俺にあいつらは涙を流して忠誠を誓ったのだ。『助けていただいたこの命、国と王のために捨てる覚悟でございます』とな。それが……っ」

オルデリクスが忌々《いまいま》しげに吐き捨てる。長年王家に仕えてきた家系の男が、ここへきてクーデターを企《くわだ》てるとは思っていなかったのだろう。

城に戻ったオルデリクスはダスティンから「余計なものは始末しておきました」と告げられ、ようやくのことで策に嵌《はま》ったことを知った。気づいた時には国土を侵され、愛するものを踏み躙られて、獅子王が激昂しないわけがなかった。

そんなオルデリクスを、それでも止められるとダスティンは踏んでいたのだろう。彼の屈強なボディガードたちが周りを囲めば王でさえもねじ伏せ、淡々と交渉を進められると誤解していたのかもしれない。

「やつの誤算は俺の力を読み誤ったことだ。おまえのためならなんでもすると決めた俺に刃向かえるものなどありはしない」

獣化したオルデリクスはダスティンらを打ち倒して鍵を奪うと、混乱に乗じて紬をゲルへムに移そうとしていた手下たちを追いかけ、ひとり残らず戦闘不能に追いこんだ。

そんな闘争心を剥き出しにした咆吼は主塔の上まで届いたようで、父親の尋常ならざる鳴き声に触発されてか、幼いアスランまで吠えたのにはオルデリクスも驚いたそうだ。

「あれの鳴き声をはじめて聞いた。危機が迫っていることを本能で感じ取ったのだろうな。少しずつだが、獣人として育っている証拠だ」

オルデリクスが父親らしい顔で目を細める。

やがて彼は表情をあらため、まっすぐにこちらを見た。

「おまえの声が聞こえた時、よろこびで魂がふるえた。おまえがまだ生きている、願いが通じたのだと」

「オルデリクス様……」

「ツムギ。心から希《こいねが》う。どうか俺におまえを愛させてくれ。はじめからやり直したい」

オルデリクスは真剣そのもので、向けられた眼差しは痛いくらいだ。彼が本気で言っているのが伝わってくる。けれど。

「やり直し、ですか……？」

した。

オルデリクスは顔を強張らせた後で、自らを落ち着かせるようにゆっくりと息を吐き出した。

少したためらった後で、思いきってこくりと頷く。

「嫌か」

「その理由を、訊いてもいいか」

「はじめてお会いした時から今日までのすべてがリセットされてしまうのが嫌なんです。オルデリクス様との思い出で、なかったことにしたいものなんてありません。全部全部、ぼくの大切な宝物です」

「ツムギ」

「これまでの続きじゃいけませんか。これまでみたいに一緒にいたいです」

オルデリクスの目が期待に揺れ、鋭さを増す。その熱を帯びた眼差しに自分のすべてを委ねるつもりで紬はまっすぐに打ちあけた。

「ぼくは、オルデリクス様が好きです」

言葉にした瞬間、頭の中に幾千もの光が降り注ぐ。

どんなに恋い焦がれようとも決して渡すことのできなかった想いは、知らぬ間にこんなにも美しい星の欠片となって自分の中に眠っていた。それをやっと伝えることができる。

心を明け渡せる時がきたのだ。

「ずっとずっと、オルデリクス様が好きでした。でも、これは叶わない恋だからって……許されない想いだからって、何度も諦めようとして……でも、できなかった」

糸と糸が重なり合い美しい織物になっていくように、この心はオルデリクスに捕らわれ、とっくの昔にひとつになってしまっていたのだ。

「あなたが好きです。好きで好きで、もうどうしようもないくらい」

胸の奥からこみ上げた熱いものが目を潤ませ、涙となって頬を伝う。それでも想いを伝えられたうれしさにふわりと笑うと、力強い腕に引き寄せられた。

「ツムギ………」

思う存分オルデリクスの匂いを吸いこんで、胸がいっぱいで死んでしまいそうだ。紬は自分からも広い背中に腕を回し、愛しい人を抱き締めた。

「生涯、おまえを大切にする。これまで苦しめた分もしあわせにする。誓う」

「もう、なってます。オルデリクス様にこんなにしあわせにしていただいています」

どうしよう。うれしくて涙が止まらない。ポロポロと泣きながら上目遣いに見上げると、オルデリクスは幼子をあやすように唇で涙を吸ってくれた。

「ならば、もっとだ」

「もっと……？」

「あぁ。際限なく」

髪に、額に、瞼の上にやさしいキスが落ちてくる。それを万感《ばんかん》の思いで受け止めながら紬はまっすぐにオルデリクスを見上げた。

勇敢なるローゼンリヒトの金獅子王。

国を愛し、民を愛し、幼い息子を導く偉大なる獣。

人間の自分を受け入れ、己をも受け入れ、これからの未来をともに拓く愛しい伴侶。

彼と生きていけるなら他になにも望まない。オルデリクスがいてくれれば、それだけで。

「愛している。ツムギ」

「ぼくも愛しています。オルデリクス様……」

近づいてきた唇に願いをこめて目を閉じる。

どうか、このしあわせが永遠に続きますように。

彼と彼の大切なものに、運命の導きがありますように。


「ん……、んっ……ふ、…………」

浴室にひっきりなしに声が響く。

湯に浸かり、浴槽に背を預けたオルデリクスに乗り上げるようにして唇を合わせた紬は、潜りこんできた熱い舌にまたもビクリと背を撓《しな》らせた。

とてもじっとしてなんかいられない。彼に触れるたびにその熱さに眩暈《めまい》を覚え、触れられるごとに身体は熱を上げていく。肌を合わせているだけでとろとろと溶け出してしまいそうだ。なにをされても気持ち良くて、そしてうれしくてしかたなかった。

「ふ、……っ……」

オルデリクスの舌が思うさま紬の口内を暴き、呼吸さえも奪っていく。ぐしゃぐしゃと後ろ髪をかき混ぜるようにされるのが心地良く、紬もまた力の入らない手を伸ばしてオルデリクスの髪に触れた。

この金色の髪が雄々しく風に靡くのを見るたび、誇らしさに胸を熱くしてきた。それを今はこうして独り占めしているなんて。

「ツムギ……」

わずかに唇を離したオルデリクスが低い声で名前を呼ぶ。

答える代わりに触れるだけのキスを贈ると、オルデリクスは「かわいいことを……」とふっと笑った後で紬の前髪を掻き上げてくれた。

「愛している」

「ぼくも、です」

至近距離で見つめ合い、再びどちらからともなく目を閉じる。大きな手が頬から首へ、そして身体の側面を辿るようにして腰骨へと降りていくのを紬は身をくねらせながら受け止めた。

片や戦いでの汚れを落とすため、此方石牢で冷えた身体をあたためるため、湯に浸かろうと提案したのはオルデリクスだ。無論、それだけで済まないのはお互いわかった上でのこと。広い浴槽で向かい合い、手を伸ばさないわけがなかった。

「んんっ……ぁ、……はっ…………」

腰のあたりを弄んでいた手が太股に降り、そのまま後ろへ回される。足のつけ根から掬い上げるようにして尻を掴まれ、グイグイと揉み上げられて、これまで感じたことのない羞恥に紬はふるふると首をふった。

「……んっ」

「嫌か？」

あらためて訊ねられると返事に困る。決して嫌なわけではないのだけれど。

「は、恥ずかしい、です」

「もっと恥ずかしいこともたくさんしたろう」

「で…、でも、あの……、んっ……」

これから先のことを期待してか、あっという間に下腹に熱が集まってしまう。グッと引き寄せられた途端、先端が彼の腹に触れた。

「あ…」

硬く兆した紬自身にオルデリクスも気づいただろう。こんな時、浮力というのは残酷だ。ゆるゆると上下に身体を揺すられ、彼の腹でさりげなく擦るようにされて、気持ち良さと足りない刺激に紬は頭をふって身悶えた。

「や…、っ……」

早く触れてほしい。

自分ばかり昂ぶってしまって恥ずかしい。

そんな相反する思いに懊悩しながら縋るものを求めて逞しい肩に腕を回す。自分ばかりでなく、彼にも気持ち良くなってほしい一心でオルデリクス自身に手を伸ばしたものの、すぐに気づかれ阻まれた。

「おまえはそんなことはしなくていい」

「ぼくに触れられるのは、嫌ですか?」

「違う。逆だ。……歯止めが利かなくなる」

オルデリクスが困ったように眉根を下げる。

「歯止めなんていりません」

「ツムギ？」

「やっと同じ気持ちになれたのに、我慢なんてしてほしくないです」

全身全霊でほしがってほしい。全部オルデリクスのものにしてほしい。

頭部を胸に抱き締めながら耳元で囁くと、オルデリクスがクッと息を呑んだ。

「おまえはどこまで俺を煽るんだ。今夜は寝かせてやれなくなるぞ」

「んっ……」

ザバッと水音を立てて引き寄せられ、首筋を強く吸い上げられる。

「俺のものだ」

刻まれた所有の証にぞくぞくとなったのも束の間、そのまま首筋を滑り降りた唇に胸の尖りを含まれ、舐め上げられて、はじめての感覚に紬はビクッと身を竦ませた。

「な、なに……あっ、……ん、っ……」

服に擦れてもなにも感じたことなんてなかったのに、どうしてだろう、オルデリクスに吸い上げられただけで頭の中が真っ白になる。ビクビクと身体が撓《しな》り、そのたびに水面が波打った。

「はぁっ…、あ……やっ、……あ、ぁっ……」

片方の花芽を摘むように吸われ、もう片方を指で執拗《しつよう》に捏ねられて、無意識のうちに腰が揺れる。生まれてはじめての快感に紬は為す術なく身悶えるしかなかった。ガクガクと腰が揺れてしまい、それを少しでも誤魔化したくて後退ろうとしたものの、腰を引かれてあっという間に連れ戻された。

「こら。どこへ行く」

「だって、そんな…、あっ……、だめ、オルデ…、クス、さまっ……」

「そうか。おまえはここが好きか。ならばもっとたっぷりかわいがってやろう」

「やぁんっ」

舌全体で味わうようにべろりと舐め上げられ、そうかと思うときつく吸い上げられて、ビリビリとしたものが走り抜ける。もう片方の粒も指で挟んで捏ね回され、紙縒《こよ》りを作るように括り出されて、舌とは違う快感が脳天を突き抜けた。

「これだけで達《い》けそうだな」

オルデリクスが低く笑う。

彼の視線が下腹部に注がれていることに気づいて下を向くと、硬く兆した自身が目に飛びこんできた。もともと肌の色が白いせいもあって、充溢《じゅういつ》したそれはひどく卑猥《ひわい》だ。

「だ、だめ。見ないで……」

「だめなものか。伴侶の状態は常に気にかけるものだ」

慌てて両手で隠そうとしたものの、それより早くオルデリクスが片手を伸ばしてくる。

「あ、んっ……」

節くれ立った手で握られると同時に胸への愛撫も再開され、三点を同時に攻められて、紬はいやいやと首をふりながらも与えられる快楽に酔った。

下から上へ、なぞるように扱かれただけでぞくぞくとしたものが背筋を這う。彼の手の中で自身はますます体積を増し、もったりと重たい熱が出口を求めて暴れはじめた。

「だめ、だめ……、そん、な…、しちゃ……、だめです……」

「なにがだめだ」

「あんっ……そ、そこで、喋らな……」

「注文が多いな」

オルデリクスは笑いながら濡れそぼった胸にふっと息を吹きかける。そんなささやかな刺激ですら紬の先端からは先走りの雫があふれ、瞬く間に熱い湯に溶けていった。

「我慢するな。達けばいい」

「お湯、が……汚れます」

荒い息を弾ませながら懸命に首をふる。せっかく用意してもらったのに、そんな粗相をするなんて申し訳ない。

すると、なぜか両脇の下に手を入れて持ち上げられ、そのまま浴槽の縁に座らされた。

「あ、あの……」

半身を湯に浸けたままのオルデリクスと向かい合う。その後に続く行為を想像できないまま見ていると、彼は唐突に紬自身を口内に迎えた。

「え？　あ、ん……んんっ……や、ぁっ……」

大きく身体を捩ると同時に、ザバッと水飛沫が上がる。それでもオルデリクスは構うことなく深々と紬を咥《くわ》え、熱い舌を絡みつけた。

――嘘、でしょう……！

目の前の光景がまだ信じられない。

そのくせ、内股をくすぐる髪や肌の感触がやけにリアルだ。熱くぬかるんだ口内は気を失いそうなほど心地よく、すぐさま紬を高みへと押し上げた。

「あ、あ……だめ、離し、て……もう、出る、出ちゃうっ……」

必死に肩を押し返そうとするものの、力で敵うはずもない。じゅぷじゅぷと音を立てて

扱かれて固く閉じた瞼の裏に星が舞う。

「……っ、ぁ……、――」

一際強く吸い上げられた瞬間、紬は促されるまま精を放った。

二度、三度と小刻みに身体をふるわせながらオルデリクスの口に吐精する。だがしばらくして、ごくりと咽喉を下げる音に紬ははっと我に返った。

青ざめる紬を前に、なぜかオルデリクスは得意げに口角を上げる。

「おまえの味だ。覚えておこう」

「も、申し訳ありません」

「俺がしたくてした。全部俺のものにしてくれと言ったのはおまえだろう？　……なんだ。青くなったり赤くなったり忙しいやつだな」

くすくすと笑いながら際どいところにキスされる。

「じゃ、じゃあぼくも、オルデリクス様に口でご奉仕します」

してもらってばかりは良くないと訴えたものの、楽しそうに含み笑われるばかりだった。

「おまえにはここで愛してもらおう」

「んっ」

後ろに回された手がひたりと蕾に触れる。

かつての痛みを思い出して無意識に強張る後孔をやさしく撫でられ、ゆっくりと周囲を擦られて、呆れるほどの時間をかけて慣らされた。

「……あ、っ」

待ちきれなくなったそこがおずおずと戦慄きはじめたのを見逃さず、節くれ立った指が一本潜りこんでくる。けれどそれ以上は性急に進めず、紬が落ち着くまで待っては進め、進んでは待ちと、ゆっくりと時間をかけて慎重に隘路を広げていった。

これまでと全然違う。いっそ奪うようにしたって構わないのに。

そう言う紬に、けれどオルデリクスは大真面目に首をふった。

「おまえを傷つけたくない。気持ちいいことだけしてやりたいんだ」

「あ、んっ」

中の指をクッと曲げられ、いいところを押されて腰がビクリと跳ねる。先ほど射精したにも拘わらず、再び自身に芯が通るのが自分でもわかった。

「少し身体が冷えたな」

湯に戻され、再度オルデリクスを跨ぐような格好になる。後孔にはすかさず二本の指が挿し入れられ、圧迫感に下腹がふるえた。

「痛むか？」

「大丈夫、です……。でも、お湯が……」

「すぐに掻き出してやる」

根元まで埋めこまれた指で中を広げられ、いい箇所をグリグリと押されて、声も出せないまま身をふるわせる。指が三本に増える頃には紬自身も硬く兆《きざ》し、中はもっともっととねだるようにオルデリクスの指を食み締めた。

心臓がドクドクと狂ったように早鐘を打つ。息が苦しくて、頭がぼおっとして、わけもわからないほど彼がほしい。

「そろそろ限界だ」

紬の願いが通じたのか、低い声とともに指が引き抜かれ、代わりにオルデリクス自身が押し当てられた。

「息をしていろ。苦しかったら言うんだぞ」

ふるえながら頷くのを待って、オルデリクスがググッと押し入ってくる。

「あ、……あああ…、ぁ――」

硬く漲った熱塊を自分の中に迎えた瞬間、鮮やかな光が目の前に散らばり、気がつけば二度目の高みを極めていた。

「挿れただけで達ったのか」

「ご…、ごめん、なさい……、お湯……」

「そんなものは気にするな。おまえは素直に感じていろ」

低く濡れた声で囁かれ、耳朶を甘噛みされてぞくぞくとしたものが背筋を伝う。同時に中にいたオルデリクスをきゅうっと締めつけてしまい、またもくすくすと笑われた。

「おまえのここは饒舌《じょうぜつ》だな」

「あんっ」

ゆっくりとした抽挿がはじまる。紬の中を味わうように角度を変え、深さを変えながら隘路を掻き回していた熱塊は、やがて頃合いを見計らってズンと奥まで挿ってきた。

「あ…、ぁ………」

深く感じ入ってしまって声も出ない。顎を仰け反らせて衝撃を受け止める紬に合わせて水面がちゃぷちゃぷと揺れた。

「全部挿った。よく頑張ったな」

いたわるように広い胸に抱き寄せられる。一分の隙もないほどオルデリクスとひとつになり、苦しいけれど泣きたいくらい胸がいっぱいになってしまった。

これまで二度、身体を重ねた。そこには少なからぬ快感もあった。

けれど今なら、それがどんなに虚しいものだったかはっきりわかる。心も重ねる情交はこんなにも熱く、泣きたいくらいしあわせな気持ちになるのだと身をもって知った。全部オルデリクスが教えてくれた。

「うれしい……」

抱えきれない想いが涙となって頬を伝う。

オルデリクスはそれを唇で拭い、さらに目尻にもくちづけを落とすと、もう一度強く抱き締めてくれた。

「俺も同じ気持ちだ」

「オルデリクス様……」

「もっともっとおまえとひとつになりたい。俺をほしがれ。ツムギ、俺に愛されてくれ」

「あ…、んっ……」

深く貪るようにして抽挿が再開される。オルデリクスが自身で紬を味わうように、紬もまた後孔でオルデリクスをきゅうきゅうと締めつけ、淫らにうねりながら何度も食んだ。

「あ、あ……、んっ……はぁ……」

彼が奥を突くたびに水面が跳ね、水音を追いかけるようにして荒い呼吸が重なり合う。なにをされても怖いくらい感じた。きっと同じ気持ちだからだ。それをお互いが確信していることがどうしようもなくうれしかった。

「あぁ……もう、達くぞ……」

ため息のような声にさえ煽られる。

「おまえの中に出す。いいか」

「はい……。オルデリクス様の…、全部が、ほしいです」

切れ切れに答えると、オルデリクスは眩しいものを見るように目を細め、紬の腰を抱え直した。そうして熱く猛った己でガツガツと容赦なく突き上げてくる。

「あぁっ……あ、あ、あ、……あっ………」

「ツムギ……、ツムギ……」

これ以上ないほど最奥を抉られ、痺れるほどの快感の波に揉みくちゃにされて、もはやなにも考えられなくなった。もう飛ぶことしかわからない。目眩く快楽の中、瞬く間に高みへと引き摺られる。

「くっ……」

苦しげな呻きとともにオルデリクスが爆ぜた。

大量の飛沫で最奥を濡らされ、それに押し出されるようにして紬もまた三度目の放埒を放つ。細胞のひとつひとつが彼を求めているのがわかった。極めても極めても怖いくらい際限がなく、ゆるゆるとかき混ぜられただけでまた熱が上がってしまいそうになる。

その動きに合わせ、注がれた放埒をごくんと呑みこむように中が蠕動した時だ。

「あ……」

強いアルコールを摂取した時のように全身がかあっと熱くなり、頭と腰の後ろあたりがむず痒くなる。しばらく身体の中でなにかが蠢くような間があった後、唐突に獣の耳と尻尾が飛び出した。

「え？　え？」

驚きのあまり、何度もオルデリクスと顔を見合わせてしまう。

おそるおそる手を伸ばして頭に触れると、そこには確かに獅子のものと思しき獣の耳が生えていた。

「おまえ……獣化したのか」

「ほ、ほんとうですか」

オルデリクスはよほど驚いたのか、琥珀色の目を丸くしている。手を伸ばして獣耳を確かめると、今度はうれしくてたまらないという顔で目を細めた。

「心を通わせただけでなく、おまえを俺の仲間にした、忘れられない夜になるな」

「うれしいです。オルデリクス様」

「あぁ、俺もだ。おまえの獣化の祝いに存分に愛し合わなくては」

やはり今夜は眠れそうにないな。

そんなオルデリクスの囁きに紬はよろこびとともに身を任せた。

これからは、どんな時でも一緒にいられる。

この愛しい人とともに生きていける。

そんなしあわせな想いとともに、ふたりは終わらない夜に瞼を閉じた。

*

こんなにぐっすり眠ったのはいつぶりだろう。

心地よい目覚めに、紬は大きく伸びをしながらベッドの上に起き上がった。

「ん……」

眠っている間にオルデリクスがここへ運び、寝間着も着せてくれたのだろう。真新しい絹の寝具がさらさらとしていて心地いい。それを一緒に味わえれば良かったのだけれど、多忙な恋人はすでに政務に就いているのか、部屋の中に気配はなかった。

監禁の疲れもあってすっかり寝入ってしまった。

もちろん、それだけではないけれど。

「……ふふ」

しあわせを噛み締めながらそっと頭の上に手を伸ばす。

そこには、ふわふわの毛の生えた獅子の耳がひょっこりと顔を出していた。ふり返ればお尻のあたりにもかわいい尻尾が生えている。どちらもオルデリクスと結ばれたなによりの証拠だった。

「獣化、したんだなぁ」

しみじみと呟きながら何度もそうっと耳を撫でる。まさかほんとうに、この身に奇跡が起きるなんて思わなかった。

彼と離れたくない一心で獣化を望んだこともあった。姿さえ変わってしまえばずっとここにいられるだろうと。

けれど今こうして奇跡を目の当たりにして、獣化は決してそのためのものではなかったのだとつくづくと実感した。身も心もオルデリクスに捧げ、同じだけ彼の人生を預かる。どんな運命もふたりで乗り越える。その覚悟を現すものだと。

――そんな人に、出会えたんだ……。

そしてそんな相手と想い合えた。それはなににも勝るよろこびだろう。

誇らしさに胸を熱くしながらしあわせを噛み締めていた時だ。コンコンと控えめなノックに続いて世話係がおずおずと顔を覗かせた。

「ツムギ様」

「リート！」

顔を見るのはあんなことがあって以来だ。大急ぎでシーツをはね除け、走っていって、紬は力いっぱいリートを抱き締めた。

「無事だったんだね。良かった……！」

「ツムギ様こそ、ご無事でなによりでした」

リートは身体を離し、深々と頭を下げる。

「あの時は多勢に無勢だったとはいえ、お守りできずに申し訳ありませんでした」

「ううん。リートこそ大変だったでしょう。こうしてまた会えてほんとうに良かった」

「ツムギ様……」

リートが真っ赤な目を潤ませる。少しでも気持ちが落ち着けばと髪を撫でてやると、彼はグイと手の甲で涙を拭い、いつもの世話係の顔に戻った。

「す、すみません。ツムギ様にお祝いをお伝えしたくて飛んできたのに、ぼくったら……。

ツムギ様。あらためて、このたびはおめでとうございます」

「え？」

「陛下とお心をひとつにされたと伺いました。これまで何度も大変なことがありましたね。そのたびに傷ついて、苦しまれて……それでもまっすぐに向き合ってこられたからこそ、今日の日があるのですよね。勝手ながら自分のことのようにうれしいです。ほんとうに、おめでとうございます」

リートがしみじみと語る。一番近くで見ていたからこそ感慨深いものがあるのだろう。

「ぼくでお役に立てることがありましたら、これからも、いくらでもお申しつけください。陛下もツムギ様のことをとても気にかけておいででしたから」

「オルデリクス様が？」

なんでも、王直々《じきじき》に「ツムギを頼む」と言われたのだそうだ。リートにはいつも身支度などを手伝ってもらっている。それなのに、あらたまって頼むなんてどうしたのだろう。

不思議に思って首を傾げていると、リートは少し照れくさそうに眉を下げた。

「昨夜無理をさせたから、と……。どこまでもツムギ様をやさしく気遣っておいでです。あんな陛下を見るのははじめてです」

「……！　そ、それは…、あの、その……」

一瞬で耳まで熱くなる。

——オルデリクス様ったらなんてことを……！

今さら誤魔化すなんてできないけれど、だからと言って正直に言うのも憚られる。

どうしたものかとひとり頭を抱える紬に、リートがくすくすと笑い声を立てた。

「今さらですよ、ツムギ様。ぼくはずっとツムギ様のお世話係だったんですから」

普段はかわいらしい青年なのに、こんな時はとても頼もしい。

そうだ。思えば最初から、オルデリクスに素っ気なくあしらわれた時も、無理やり組み敷かれた時だって、いつもリートがいてくれた。傍で支えていてくれたのだ。

「リートには、恥ずかしいところいっぱい見せちゃってるね」

「それもぼくの特権です。大変なことばかりだった分、ツムギ様にはたくさんしあわせになっていただかなくちゃ」

「ありがとう」

心からの感謝をこめてもう一度抱擁を交わす。

その後は手伝ってもらって身体を清め、用意してくれた朝食に手をつけた。時間的にはもうすっかりブランチといったところだろう。

すべて平《たい》らげ、食後のお茶を啜る頃になって、見計らったように再びノックが響いた。

「よう。調子はどうだ」

「ギルニスさん」

あかるい声とともにギルニスが顔を覗かせる。

その瞬間、リートは見事な条件反射でぴゃっと紬の後ろに隠れた。

「よく眠れたか？　飯《めし》も残さず食ったな？」

「はい。おかげさまで」

「身体の調子はどうだ。気になることはないか」

「……？　どうして、そんな……？」

まるで問診されているようだ。不思議に思って首を傾げる紬に、ギルニスはやれやれとため息をついた。

「オルデリクスがな」

「オルデリクス様が？」

「仕事中もおまえを気にしてばかりいる。政務が終わったら飛んで帰ると言ってたが……ありゃ心配っていうより惚気《のろけ》だな」

「……っ」

どうやら被害はこちらにも及んでいたようだ。真っ赤になった紬を見て多少は溜飲も下がったのか、ギルニスはくすくすと笑いながら紬の獣耳に目をやった。

「おまえもとうとう獣人か。人間が獣化するのははじめて見たが……耳と尻尾だけか？」

「そうなんです。皆さんのようにはいかないみたいで」

種族の壁を飛び越えなくてはならないだけに、一足飛びにはいかないらしい。それでも今はこれで充分うれしいし、これからさらに変化が起きるならそれも余さず楽しみたい。

ふさふさの耳を触る紬を見て、ギルニスはなぜかふっと笑った。

「そういや、ちょっと前までリートもこうだったたっけな」

「わっ」

そうっと首を出していたリートが再び紬の後ろに隠れる。

「そんなに怖がるなよ。別に取って食ったりしない」

「くくく、食う……？」

「食わないって言ってんだ」

「命だけは～～～」

ガタガタとふるえるリートと、見る間に仏頂面になるギルニスのやり取りを見ていたらなんだかおかしくなってきて、悪いと思いながらも笑ってしまった。そんな紬を見たギルニスが、そしてリートまでもがつられて笑う。

和やかな雰囲気の中、カツカツと廊下を闊歩する足音が聞こえてきた。それは瞬く間に部屋に近づいてきたかと思うと、ノックもなく突然扉が開く。

「ツムギ」

入ってきたのはオルデリクスだ。

けれど彼はリートやギルニスの姿を見るなり、あからさまに眉間に皺を寄せた。

「……なんだ。いたのか」

「はぁ？　いたのかって、おまえな……」

――おまえがツムギが心配だって言うから様子見にきてやったんだろうが。

そんなギルニスの心の声が聞こえてくるようだ。

正当な抗議をはじめようとする幼馴染みを放り出し、すぐ前までやってくると、オルデリクスはまっすぐ紬の顔を覗きこんできた。

「政務を終わらせてきた。大事ないか。朝は一緒にいられなくてすまなかったな」

「お帰りなさい、オルデリクス様。お仕事お疲れさまでした」

一晩中愛されたからだろうか、こうして顔を合わせるのがなんだか照れくさい。それは彼も同じようで、どことなくそわそわとしているのが手に取るようにわかった。

「陛下が謝罪された……」

少し離れたところで、リートが信じられないというように目を丸くしている。

その隣でギルニスも大袈裟に肩を竦めた。

「見慣れないもん見ると具合悪くなるぞ。この後盛大に惚気がはじまるだろうからな」

「ギルニス」

「あーあー、お邪魔虫は退散ってな。行くぞ、リート」

「えっ。いえ…、ぼくは一緒でなくても……わあぁ！」

気の毒な世話係は、後ろ襟を掴まれるようにして王の側近に連れていかれる。

それをぽかんと見送った紬だったが、オルデリクスと目が合うなりどちらからともなく噴き出した。

「あいつらはまったく……仲がいいのか悪いのか」

「いいコンビですよね。リートが常に大変そうですけど」

そんなところもギルニスは放っておけないのだろう。あのふたりはずっと追いかけっこをしていそうだ。

「ツムギ」

くすくすと笑っていると、少し強引に肩を引き寄せられた。

すぐ間近に迫った顔に条件反射で目を閉じる。小さな含み笑いが聞こえたかと思うと、そっと触れるだけのキスが降った。

「ん……」

それだけで昨夜の熱が鮮やかに甦ってしまいそうだ。ほう…、と吐息を洩らすと、オルデリクスは目を細めながら親指の腹で紬の唇をツイとなぞった。

「誘っているのか」

「もう」

上目遣いに睨むようにすると、彼はそれすら楽しそうに口角を上げる。

「やっと俺のものになったな。ツムギ」

「それを言ったら、オルデリクス様だってぼくのものです」

迷いなく言い返すと、オルデリクスは驚いたように、だがうれしくてしかたないというように満面の笑みを浮かべた。

「おまえも言うようになった」

「ふふふ。そんな顔、ギルニスさんに見せたらびっくりするでしょうね」

「なんでここであいつの名前が出るんだ」

邪魔だと言わんばかりにオルデリクスが顔を顰める。

「オルデリクス様のことをずいぶん心配していましたよ」

「そのわりに人の話を聞く気もない」

「それは盛大に惚気られたからでは……」

「おまえの話をしてなにが悪い。せっかくこうして獣化したというのに」

生えたばかりの獣耳をさわさわと触られ、やさしくキスされて、くすぐったさのあまり紬は笑いながら身を捩った。

それを後ろから抱きこむようにしながらオルデリクスは髪にもくちづけを落とす。

「今はまだ部分的な変化だが、夜毎精《せい》を注ぎ続ければやがて本物の獅子になれるだろう。アスランとどっちが先に獣化するか、競争するか？」

「あの子には負けますよ。とっても頑張っていますから」

見上げると、オルデリクスは上から覗きこむようにして「あぁ」と父親の顔で笑った。

「早く、獅子の姿になって皆で駆け回りたいものだ」

「これからはそんなこともできるんですよね。ふふふ。楽しみです」

「そのうち、二人目もできたりしてな」

「え？」

思いがけない言葉にきょとんとなる。

そんな紬にくすくすと笑いながらオルデリクスは悪戯っ子のように片目を瞑った。

「人間が獣人になれたのだ。再び奇跡が起こって身籠《みご》もることもできるかもしれない」

「ぼ、ぼくは男ですよ？」

「ならば神に祈ろう。聞き届けてもらえるまで」

「オルデリクス様ったら……」

まるで夢物語だ。それでもオルデリクスの眼差しは熱を帯びていて、あながち絵空事とも思えない。

ほんとうに、そんな日が来るだろうか。

——来たらいいな。

オルデリクスとアスランと、そして、もしかしたら新しい命と。この国でずっとしあわせに暮らしていきたい。どんな運命もともに背負って歩いていきたい。

「オルデリクス様。お願いがあります」

心の声に導かれるまま、紬は伴侶に向き直った。

「ロズロサをぼくにください」

「ツムギ？」

「ずっと、あなたの傍で生きていきたいんです」

桃色の記憶の花の砂糖漬け。

一度食べれば大切な記憶が消え、二度食べればもとに戻る。だが、三度目を口にすれば人々の記憶から食べた本人の記憶が消えるという。つまり、もとの世界から及川紬という存在がいなくなることを意味している。

「それがどういうことかわかっているのか」

「もちろんです。思いつきで言っているわけではありません」

ここローゼンリヒトに来たのはまったくの偶然だった。

裏を返せば、ある日突然いなくなったせいで仕事相手にたくさん迷惑をかけただろう。紬を探してくれただろうし、代役を立てたり、穴を埋めたりと手を取られたに違いない。

だからこそ、ここで生きると決めたからにはこれ以上迷惑をかけないようにしなければならない。紬が今どこでどうしているのか、心配をかけるのはもう終わりにしなければ。

「二度目にロズロサをいただいた時、お話したことがありましたよね。記憶を失うことがこんなに怖いなんて知らなかったって……。そんなぼくが、今度はぼくを知る人たちから記憶を奪おうとしているんです。ほんとうは……とても怖い」

他人の思い出にまで踏みこむなんて傲慢だともうひとりの自分が囁く。

わかっている。それでも、これが取り得る最善の策だと思うから。

「人生はいつもひとつしか選べない。ぼくはこちらを選びました。……だから、向こうのぼくを終わりにするんです。もとの世界の人たちからぼくの記憶を奪う代わりに、ぼくは生涯彼らを忘れません」

まっすぐにオルデリクスの目を見つめる。

彼はしばらくの間無言で対峙していたが、紬の覚悟が揺るがないことを見て取ったのか、あの時と同じようにビロード張りの小箱を持って戻ってきた。

「まさか、おまえに再びこれを与えることになるとはな」

そう言って桃色の小さな欠片《かけら》を手渡される。

「ありがとうございます」

礼を言って受け取った紬は、ひと思いにロズロサを呑みこもうとして、ほんの一瞬ためらった。怖くもないし、悔いもない。それなのにどうしてだろう、縁のあった人たちの顔が走馬燈《そうまとう》のように目の前を過ぎた瞬間、手を止めずにはいられなかったのだ。

誰もが今の自分を作ってくれた人たちだ。彼らにはたくさんのことを教えてもらった。成長する機会を与えてもらった。どんなに感謝してもしきれない。そんな人たちを置いて、自分だけしあわせになっていいのだろうか。

迷いが胸を過ぎる。

すると、心を後押しするかのように背中がふわっとあたたかくなった。

——しあわせになりなさい。迷わずに行きなさい。

夢の中で手をふってくれた祖母や両親の顔が脳裏に浮かぶ。

「おばあちゃん。お父さん、お母さんも………」

今ならわかる。あれはこういうことだったんだと。今こそ、自分の人生のために最良の選択をする時なのだ。

——ありがとう………。

背中を押される思いで心を決めると、懐かしい人々に感謝しながら紬はゆっくりとロズロサを飲みこむ。胸の奥がふわりと熱くなったかと思うと、身体の隅々にまで思いが染み渡っていくように波は伝わり、そして消えた。

今、ひとつの区切りがついたのだとはっきりとわかる。

後に残ったのは清々しいほどの心だった。

「ツムギ」

オルデリクスが雄弁な眼差しで語りながらそっと抱き締めてくれる。

「俺と生きるために大変な決断をしてくれた。おまえのその勇気に報いるためにも生涯をかけておまえを愛する」

「オルデリクス様」

「ツムギ。我が半身。……愛している」

誓いの言葉とともに触れるだけのくちづけが降る。

それに身も心も任せながら、紬はしあわせに瞼を閉じた。


空はどこまでも高く、青く、澄み渡っている。

葡萄の収穫を終えた半年後の秋の好日、ふたりの結婚式が華々しく執り行われた。

長らく敵対関係にあったゲルヘムとの関係改善に多少時間はかかったものの、その間に周辺諸国と同盟を結び、輸出入を強化することで国内産業を活性化させ、まさに順風満帆、準備万端でこの日を迎えた。

花嫁のために用意された控え室で身支度をする紬と、それを手伝うリートを見ながら、エウロパは早くも涙ぐんでいる。

「良うございましたねぇ。ほんとうに、ほんとうに……」

「泣かないでください、エウロパさん」

紬が宥めると、エウロパはハンカチを鼻に当てながら胸を押さえた。

「申し訳ございません。歳を取ると涙もろくなっていけませんね」

エウロパは細い目を糸のようにして泣き笑う。

「ツムギ様のおかげで陛下は人が変わったようですよ。従心らの話に耳を傾け、アスラン様とも親子の時間を作られるようになり……。フレデリクス様が亡くなられてからというもの、止まったままだった陛下の時間が再び動き出したように思うのです。ツムギ様には感謝してもしきれません」

「エウロパさん……」

そんなことを言ったら感謝するのは自分の方だ。折に触れて悩みを聞いてもらったり、愚痴につき合ってもらったおかげで、まったく知らない世界でもこうして腐らず居場所を作ることができた。

「ぼくが今こうしていられるのもエウロパさんのおかげです。もちろん、リートも」

「とんでもない。ツムギ様が頑張ったからです」

「そうですよ。滅相もございません」

微笑むふたりを交互に見ながら、紬もまた満面の笑みを返す。

するとそこへ、待ちきれないとばかりにノックが響いた。

「もう間もなくだ。支度はどうだ」

入ってきたのはオルデリクスだ。後ろにはギルニスの姿も見える。

「わぁ……」

伴侶の勇姿を一目見るなり、紬は両手で口を覆った。

黄金の長い髪を靡かせ、真っ白な軍服を纏ったオルデリクスはなんて素敵なのだろう。黒い軍服も勇ましい彼に良く似合っていたけれど、凛とした白もキリリと男らしい魅力を引き立てる。

ほう…、と感嘆のため息をつく紬と同様、オルデリクスもまたこちらを見下ろしながらうれしそうに目を細めた。

「俺の伴侶は輝くように美しい」

「オルデリクス様もすごく素敵です」

「そうか。おまえがそう言うのならこんな格好も悪くない」

蕩けるような眼差しを送るオルデリクスの後ろで、ギルニスが「あんだけ文句言ってたくせに」と暴露する。いつも黒い軍服を着るオルデリクスにとって、正反対の色はどうも落ち着かないのだそうだ。

「それでも、今日はお揃いですから」

「あぁ。そうだな」

宣言式では黒いドレスを着た紬だったが、結婚式は思いきって我儘を言わせてもらい、オルデリクスと同じ軍服を仕立ててもらった。女性の代わりではなく、目眩ましでもなく、及川紬としてオルデリクス・ド・ロベールの伴侶になりたかったからだ。

　国を守る彼のようにサーベルは提げない。

代わりに、この国の国花である赤い薔薇を胸に抱いてオルデリクスの隣に立つ。自分もまたローゼンリヒトの一員として。この国への敬愛をこめて。

　赤いリボンで結ばれたブーケの香りを胸いっぱいに吸いこんでいると、廊下の向こうから賑やかな声が聞こえてきた。顔を見るまでもなくもわかる、アスランだ。その後ろから「アスラン様！」と追いかけてくる声はミレーネとジルだろう。いつもながらの攻防戦についくすっと笑ってしまった。

「とうさま！　チー！」

「アスラン」

　紬のためにベールボーイ役をやってくれる彼もまた今日は子供用の軍服でおめかしだ。皆が特別な格好をしていることもあって昂奮を抑えきれないのか、アスランはぴょんぴょんと飛び跳ねながらオルデリクスと紬の周りをぐるぐると回った。

「とうさま、かっこいい！」

「うん。そうだね。とっても素敵だよね」

アスランが転ばないように、それとなく手を握りながら目の前にしゃがむ。

「今日はよろしくね、アスラン」

「ん！」

やわらかな髪を撫でてやると、アスランは満足げに「うふふ」と笑った。

息子に褒められてまんざらでもないのか、オルデリクスも得意げだ。ブーケを持つと、それを見たオルデリクスが眼差しに蜜を混ぜた。

「おまえには花が似合うな」

「ありがとうございます。オルデリクス様も」

同じように真紅の薔薇がオルデリクスの胸元にも飾られている。花婿のブートニアだ。

「アシュもだよ！」

「そうだね。アスランもだね」

彼には薔薇の花冠を用意した。本人はオルデリクスと同じように胸に挿したかったらしいが、大人げない父親が「これは俺だけの特権だ」と言って譲らなかったとかなんとか。

かわいらしい花の冠を被せてやると、アスランは琥珀色の目をきらきらと輝かせた。

「アシュの、かんむり」

「とっても素敵だよ。ぼくのかわいい天使さん」

「ん！　ん！」

ちょんと頬をつつかれてアスランはいたくご機嫌だ。大好きな父親や紬とお揃いなのがうれしくてたまらないんだろう。自分もオルデリクスも同じ気持ちだ。

三人で顔を見合わせ、しあわせに微笑み合っていたところへ迎えの従者がやってきた。すぐさまエウロパとギルニスが目配せをする。いよいよ式がはじまるのだ。

「さぁ、行くぞ」

差し出されたエスコートの腕にそっと自分の手を添えた。

聖堂へとつながる扉が左右に開き、こぼれんばかりの眩い光に包まれる。一瞬、気後れしそうになったが、すぐ隣にいるオルデリクスが力強い眼差しで支えてくれた。

「ツムギ」

「……はい」

――迷わずに。怖れずに。しあわせのために、愛だけを胸に。

揃って最初の一歩を踏み出す。

ローゼンリヒトに新しい時代が訪れようとしていた。

おわり

あとがき

セシル文庫さまではじめまして。宮本《みやもと》れんです。

『金獅子王と運命の花嫁～やんちゃな天使と林檎のスープ～』お手に取ってくださりありがとうございました。これまで一読者として楽しませていただいていたレーベルさまからこうして本を出していただけることになり、とても感慨深く、うれしく思っています。

私はカバープロフィールのとおり、おいしいものが大好きです。この本の副題に入っている林檎のスープ「キセーリ」はロシアのお料理。紬《つむぎ》がアスランのために作り、オルデリクスが紬のために作ってと、大好きな人へ愛を届けるためのスープでした。きっと三人はこれからもお互いのために作っては、愛情を伝え合うんだろうなぁと思います。

本作にお力をお貸しくださった方々に御礼を申し上げます。

鈴倉温《すずくらはる》先生。お仕事をご一緒させていただくのは二度目ですね。どんなカバーや挿絵を描いていただけるのか、わくわく楽しみにしています。

担当Y様。お話をさせていただいてから三年、辛抱強く待ってくださったおかげで形にすることができました。大変お世話になりました。今後ともよろしくお願いいたします。

最後までおつき合いくださりありがとうございました。異世界トリップ、異種族、身分差、もふもふ、子育て、記憶喪失、期間限定の恋と盛りだくさんでお送りしました物語、楽しんでいただけましたでしょうか。よろしければご感想を聞かせてくださいね。

最後に、たくさんページをいただいたのでちょっとしたSSを入れておきます。

それではまた、どこかでお目にかかれますように。

二〇二一年　愛情たっぷりのスープを味わいつつ　宮本れん

『やんちゃな天使のごほうびスープ』


――いいこにしてたら、ごほうび。ね！

満面の笑みで言い放ったアスランの顔が瞼に焼きついている。忙しい仕事の合間に思い出しては、人知れずふっと口の端をゆるませていたオルデリクスだったが、実際のところ彼の言う「ごほうび」をいつ叶えてやれるかは不透明なままだった。

敵国ゲルヘムとの戦いに勝った後も賠償請求や輸出入の制限など、戦後処理に追われて目の回るような忙しさだ。おかげで紬やアスランとともに食卓を囲むこともままならず、ふたりに寂しい思いをさせているという自覚はある。そのため、せめて夕食だけでもと思うのだけれど、自分の時間さえままならない状況だ。

執務室の椅子に凭れかかり、小さくため息をついた、その時だった。

「しー、だよ。ちょっとだけだからね、アスラン」

「ん！　しーだね。しー！」

なにやら言い含めるような紬の声と、「しー」の意味を勘違いした元気のいいアスランの声が聞こえてくる。そちらを見ると案の定、唇に人差し指を当てた紬が盛大に苦笑しているところだった。

「……お仕事中にすみません」

「どうした。なにかあったか」

「いえ。実はアスランが……。ほら、アスラン。父様になんて言うんだっけ？」

紬に顔を覗きこまれたアスランは照れくさそうにもじもじと身体を揺らした後で、意を決したようにこちらを見上げた。

「とうさまに、ごほうび！」

そう言って紬が押してきたであろう銀のワゴンを指す。どうやら差し入れのようだ。

「オルデリクス様が毎日政務に励んでいらっしゃるのをアスランは誇らしく思っているんです。父様を応援したいからと頼まれて一緒に林檎のスープを作りました。召し上がってくださいますか」

驚きのあまり目を瞠った。まさか、そんなことをされるとは思ってもみなかったのだ。

「俺の方こそ待たせた褒美をやるべきだろうに……そうか。作ってくれたのか」

「おいしいの！　とっても！」

「あぁ、そうだろうな。よし、一緒にいただくとしよう」

アスランが「やったー！」と飛び跳ねる横で、紬が微笑みながらスープをよそう。

——いい子にしていたご褒美、だな。

そんなふたりの小さな応援団に目を細めながら、オルデリクスは仕事の疲れもどこかへ吹き飛んでいくのを感じるのだった。

おわり

セシル文庫をお買い上げいただき、ありがとうございます。
この本を読んでのご意見・ご感想・ファンレターをお待ちしております。

☆あて先☆
〒154-0002　東京都世田谷区下馬6-15-4
コスミック出版　セシル編集部
「宮本れん先生」「鈴倉 温先生」または「感想」「お問い合わせ」係
→EメールでもOK ！ cecil@cosmicpub.jp

セシル文庫

金獅子王《きんじしおう》と運命《うんめい》の花嫁《はなよめ》 ～やんちゃな天使《てんし》と林檎《りんご》のスープ～

【著者】　宮本《みやもと》れん
【発行人】　杉原葉子
【発行】　株式会社コスミック出版
〒154-0002　東京都世田谷区下馬 6-15-4
【お問い合わせ】　-営業部-　TEL 03(5432)7084　FAX 03(5432)7088
-編集部-　TEL 03(5432)7086　FAX 03(5432)7090
【ホームページ】　http://www.cosmicpub.com/
【振替口座】　00110-8-611382
【印刷／製本】　中央精版印刷株式会社

乱丁・落丁本は、小社へ直接お送り下さい。郵送料小社負担にてお取り替え致します。
定価はカバーに表示してあります。

ISBN978-4-7747-6261-6 C0193